唯你住在我心尖
胡昔希 著
中国书籍出版社
China Book Press

你就是我的天空

虽然遥不可及

但至少能每天看着你

也让我安心

/《天空，那触不到的爱情》

总在猜想

今天你身上是什么味道?

你的唇色是否像昨天一样粉逸?

你的眼影是深棕还是昏黄?

/《妆》

我攒了半生花火

只为再次相见时

能为你勾织起一个温柔的、永不熄灭的黄昏

/《用花火，再撑起一个黄昏》

我愿做那蓝天

包裹你这白云

做你蔚蓝色的背景

也好让你每天都柔软着我的心

/《一半的你，一半的我》

你也别担心
我是那只永远搁浅在你心底的纸鸢
纵使分离
在这烟波浩渺的世界
我也只念着你
/《搁浅的纸鸢》

不是我没有勇气

而是不想让你再受任何委屈

刚刚好的年纪

越是喜欢

越懂得遥望远比握紧更让人遂心

/《照片里的你，美得像画》

希望在你的世界里

我也能做一束续命的烟花

绝非贪图那几十秒的美丽

而是要绚烂你全然的生命

/《海边的烟花》

即便有一天

我失去记忆

那些与你有关的字句

也会告诉我

曾经的我

是多么喜欢你

/《与你有关的字句》

你离开以后

看不见你的每一天

仿佛天气也失去了晴好的转向

仿佛心底再也照不进无法投射你影子的阳光

/《时间是一剂毒药》

粉黛桃花的人出现在桃花盛开的
角落
举手投足间都韵着几分轻落
我竟分不出
是你生得比这桃花更娇灼
还是桃花在你身旁就黯淡了
光泽
/《桃花庵中桃花仙》

如果你是一颗耀眼在众星中的恒星

我愿在你璀璨光芒的笼罩下蛰伏

只为亿万年后

当你变成红巨星吞没我的时候

能感受到我那颗对你一直

不变的初心

/《你是那颗最耀眼的星星》

当我战战兢兢地对视着你温柔的
目光
我看见了比大海更温润柔和的细流
在你眼底缱绻打转
直到流进我心里
栓塞成这个世界唯一爱你的
心结
/《爱你便是漂泊》

直到有一天

这个世界也出现了一个为你患上

伤风的人

你才会发现

这只是一场梦

在梦里

你患过一种病

很痛很痛

你唤作伤风

/《患过一场伤风》

和你在一起的时候

即使只是对视的眼神也满溢着治愈的药引

仅仅看你微笑的表情也仿佛被抚摸着心壁

/《简简单单的满足》

在许愿池抛一枚小小的硬币

也不知那小小的愿望会飘荡去哪里

会不会如期待般灵验

顺利地被远方的你收悉

/《许愿池的硬币》

目录 *contents*

上卷 情书许你一和我最透明的心 —— 1

贰 15

我攒了半生花火｜只为再次相见时｜能为你勾织永不熄灭的黄昏

叁 29

愿做你蔚蓝色的背景｜也好让你每天都柔软着我的心

中卷　念你的诗已三三成行｜堆叠着心绪

141

叁　167

一个人并不孤独｜只有心里藏着一个孤单的你｜才让我感到孤独

肆　179

你蜷曲成拱的修长双腿｜覆着黑色的长筒袜｜像极了钢琴优雅的黑白键

肆　241

伍　253

上卷

情书许你丨和我最透明的心

也不知你有多么令人神往，才能让我的世界，遣散了所有挑剔的目光，只挂着卑微的透明帷帐 /《望穿》

壹

你就是我的天空

虽然遥不可及

但至少能每天看着你

也让我安心

/《天空，那触不到的爱情》

天空，
那触不到的爱情

无论明天是晴是雨，我都相信，你会绽放晨曦，将我唤醒。

你说，你在的每一天，都会在我的世界里，种下天晴。

有时候，我也会呆呆地伏在窗台，就那么静静地看着天外丝丝缕缕的云。

我试图在云端之上，找寻你的影子。也不知道，你在不在那一团团棉花糖的背后，那样辽阔，填满了我的心。

蔚蓝色的天空也会哭泣，下雨，我会比平常更加想念你。

也不知道，这淅淅沥沥的雨哪一滴才是你的眼泪，所以我经常不打伞，仰望着天空，用舌尖的味蕾，想探出你悲伤的痕迹。

艳阳高照的时候，我也时常用手背遮住刺眼的阳光，倒映天空在眼底，即使全然是浅浅的蓝，空无一物，也会有所期待，也会分外满足。

因为我知道，你就在天外。

每天清晨的第一缕日光，都是你在跟我温柔地打招呼。

每天傍晚的一层层晚霞，都是你因为舍不得我，憋得分外红彤的粉腮。

我相信，你是爱我的。

虽然不曾言语，但日升日落，你在我脸庞划过的光轨，都像柔软的手，带给我你指尖的温度。

也许，我真的触碰不到你。

也许在以后的以后，故事还会重复那个曾经的曾经。

但我真的不在意，因为我喜欢你。

你就是我的天空，虽然遥不可及，但至少能每天看着你，也让我安心。

也许只有落花倾心

你是我见过的，唯一一个从天香国走来的女孩。

我在心底经常用闭月羞花形容你，你眼眸映着我，也总是用体贴的情绪，笑颜相迎。

每天黄昏你都会走过这条青石板的小道，独自徘徊，散心。

我就是那株毫不起眼的茉莉，在路边的这丛灌木里，翘耀着娇小的枝头，无声无息地延续着生命最初给予我在这个世界的时光，迎着艳阳淡黄色辉光的轻抚，采集雨露。

直到你的身影出现在我安静的世界，才发现，原来高跟鞋和青石板契合的声音是如此动听；才发觉，原来还有比一旁栀子花更香甜的气息；才后知后觉，每当你的裙角触碰到我的身体，你蹲下的那一刹那，我竟不敢直视你那端详着我的眼睛，那么出神，长长的睫毛衬着空灵的瞳孔，晶莹得就像清晨的露水，让我望眼欲穿。

习惯了你每天黄昏的到来，才让我意识到这个世界原来不仅仅只受花开花谢、叶茂叶凋的自然规律支配，还有一种让心迷惘、难过、揪得生疼的悸动在作祟。

这突如其来的情感虽然难以名状，但却让我欲罢不能，竟生出一种难以磨灭的依赖感。可我只是一株小小的茉莉，只能在日月的朝夕陪伴中缓慢生长。

我的心是冷的，没有你那么炙热的温度，又如何能承受你所给予的温存。

自此，伴着每天晨曦的拥抱，我都会更加努力地舒展茎叶和花苞，好用最完满的模样，蜕变出一个全新的、更加美丽的自己。

原来对这个世界的喜爱是这种感觉——我体味着身体里那一股股肆意滋长的美好，急切地想迸发出一抹抹让世界更加绚烂的色彩和味道。

终于，我要为你孕育花苞了，也许这就是对你诉诸的情感凝萃成的美好吧。

我期待着，能在你面前重塑这个世界你最喜欢的模样——是我给予的，倒映在你眼中的，更散漫在你的世界的。

繁花只绚烂一季，就零落成泥了，但却已经足够了。能在你眼前跳耀哪怕一瞬的光阴，也是我值得用一生去追逐的期许。

我只是一株茉莉，总有一天，我的美丽会凋谢，会随风飘零。

也许那时候，你已不愿再为这样的我驻足了。但依然改变不了，为你倾心的，我的执念，流连于一朝一夕。

望穿

也不知那是多么灵动的眼眸，才能在我的世界，只一瞬眼光，就能让溪水都停止流淌，让雨落都定格在半空，让所有阴翳都停止弥漫，才能在我心底的每一条沟壑都留下不可名状的寂静和荒凉。

也不知你有多么令人神往，才能让我的世界，遣散了所有挑剔的目光，只挂着卑微的透明帷帐。

不知是故意心未设防，还是心水汇成的清流困不住决堤前那深深的迷惘。

于是，青春的面庞，没有任何精致的粉黛初妆，却也只一眼轻撇，就让我流露慌张。

不知一脸轻松的你，那半含着的笑意是不是因为望穿了我心底那地动山摇的悸动，才故作优雅的模样。

总有一天，我会守候在你眼光倾落的窗台，只为再定格你那笑意盈盈的面庞。又是那魂牵梦绕的灵动瞳孔，让我一辈子都看不够，让我一生都难以遗忘。

你是我在这个世界唯一存留下的，能让我勇敢的原因。

你让我所有起伏的心绪都归于平静，它们都安分地蜷曲在你的影子里，蒙受着你阴翳的庇佑，以至于我再也找不到想孑然一身活在这个世界的理由。

从这个世界的任何角度，我都试着随视线的焦距，凝固你在我眼眸的底片里。就像饲养在我眼角膜里的热带鱼，每天的来来去去都让我欣喜。

或许，这就是我所得到的思绪的徜徉，呼吸在有你的空气中，任何一次能定格你温柔时光的契机我都不愿失去。

你会否也将望穿我的心？透明的，盛满了你，就在那里，眷待不去。

妆

多么精致的妆容才能攀附在你面旁，将本就艺色俱佳的你晕染得更加耀眼。

俯首低眉，一颦一笑，顾盼婉转间就让这个世界变得更加鲜亮，比阳光赐予得更温柔，比草木铺陈得更多情，比繁花绚烂得更香沁。

你眼线上睑的桃花妆像花蕊般细腻，衬着明静的眼眸，像一泓泉水般清澈透明，让我急不可耐地想把自己的身体都倒映在水中，即便只是泠泠孤影，也会百般倾心。

喜欢你妆容精致的模样，世界上最美好的事情，大抵就是能看着自己喜欢的人在眼前变得更加光彩熠熠吧。

那灵动的眸子，那滑腻的肌理，那鲜活的嘴唇，都在你的巧施粉饰下，变成了我眼中的日月星辰，闪烁着柔柔的光，晃得我眼前一阵明亮，这大抵就是名为迷离的观感吧。

总在猜想，今天你身上是什么味道？你的唇色是否像昨天一样粉逸？你的眼影是深棕还是昏黄？

对于你，每次遇见都是一个小小的惊喜，每次瞥见竟都会唤起新的一见钟情。

每天看着你都像双眼在疾驰的云端飞行，因为你就像艳阳般引人注目，亮白色的，透着金黄的底蕴，携来这世界最饱满鲜活的生命的色泽——没有刺眼，尽是柔情。

你精心准备的妆容，你斟酌搭配的色调，你身侧环绕的香气，都在向无辜的我无端侵袭。

才发觉，也许是我心甘情愿放下的戒备，才让自己意乱神迷。

你的妆，从来都令我神魂颠倒，一直都让我无可救药。

你 指 尖 的 味 道

端详着你纤细的食指，在阳光下，透着淡淡玉色的金黄。

你俏皮地在空中划过一道光轨，让我看见，原来阳光照耀着的你的指尖，竟像仙女棒，能幻化出流连我心尖的美好童话，那梦中一切的辉光。

你知道吗？流过你指尖的空气，有一种迷人的味道。那种香甜是我从未感受过的，从空气中剥离的，往外溢的。

我患鼻炎很多年了，但不知为什么，对于这种味道，我的鼻子竟变得灵敏了起来。

顺着鼻息，我能感觉到那香甜的味道正沿着一条条丝带般的轨迹，在空气中弥漫开来。

我大口呼吸着盛满你味道的甜腻空气，在鼻腔的顶端，在支气管的通道，在肺泡的间隙，我都能感觉到一股股涌动着幸福的香氛，在给予我全身急促的战栗。

还记得吗？你第一次用指尖触碰我的鼻尖，我笑得像个天真的孩子，紧接着闭上眼，将你的纤手轻轻地覆盖在我脸颊。

那一刻，仿佛全世界都在我脑海停滞了，只有一股淡淡的，将整个心甜腻到揪紧的味道，还在旁若无人地肆意弥漫。

那是你的指尖带我领略过的白云的纯清，大海的辽阔，高山的静谧……

所有美好的图景都无法攀比你指尖赐予我的世界，对于我这个嗅觉并不灵敏的人，能辨识你的味道，就已足够了。

贰

在你的世界里

你目之所及的点滴光明

都是幽怨天幕里

那些烫着光的星星

/《用花火，再撑起一个黄昏》

无法呼吸

当寂寞融入空气，我便无法呼吸。

我是这偌大校园里唯一一只白色的猫。

每天，我都会从台阶的一端，透过明静的窗户玻璃，卧下看你。

你时而忧郁，时而沉静，时而微微一笑，拿手指在教室的玻璃上划出一颗淡淡的爱心。

我急忙迎上前去，用爪子轻拍玻璃，好让你能收到我的回应。

每当这时，你总会捂着嘴，略带吃惊得开心个不停。

也不知是从什么时候开始的，你不在的时候，我竟好想你。

想你想到在校园的每一个角落徘徊，去找寻你的踪影，去拼凑出一颗你教会我画的爱心。

每天傍晚我都能尝到你指尖划出的食物，给我的。因此，我的饭量一直很好。

活在这世上最美好的时刻，就是被你抚摸脊背的时候。

你的指尖倾泻下来，而我，随着那划过身体的律动，将我的心，放逐在你那娇小手掌幻化出的偌大世界里，忘情地漂流着。

那温度我一辈子都不会忘，暖暖的，就快要把我融化了。我静静地闭上眼睛，享受着这一刻的曼妙。

每当这时，你总会抚摸着我的肚皮，我也抬起小小的爪子，跟你嬉戏。

也不知能不能引起你的注意，毕竟你眼中的我，都是一直面无表情。

我的生活，就像一缸清水，透着些许冰冷，而我眼波中的深情，就像每天上课我们隔着的那层玻璃，是那么清澈透明。

也许你并不知道，其实我也会流泪，只是深藏在毛发里，你根本看不清。

我庆幸自己是一只猫，因为那会让我拥有令我倾心的你的照料。

我也恨自己是一只猫，因为我无法言语，你的给予便是我所有的天地。

每当你走后，你也许并不知道我的难过，只因为当寂寞融入空气，我便屏住呼吸。

世界上最温柔的，莫过于你的眼光

每一束光来到这个世界都有一个使命，它会照亮它所守护的人内心的阴郁。

你遇见的每一束光，在另一个时空，也在弥合另一颗心的疮口。它对每一个人都那么温柔，暖暖的，明媚在每个透着光的角落，为一个个素不相识的世界加温。

也许，你怪这束光炙灼了你的伤口。可遇见它，却可能是一个未曾谋面的陌生人一辈子的仰望。

也许，你厌倦了每天都会如约而至的光束。但你可曾想过，如果你的世界再也没有任何一束光的降临，那你还会这么倔强，不施舍一丝一毫的想念吗?

你是否也在期待那一束光的降临，就像花苞若待到阳光的亲昵便会绚烂绽放，我看见了你眼中的期许，是那么执着。

世界上最温柔的，莫过于你的眼光。

你看着我的时候，我的视网膜倒映着你眼底的温柔，就像眼中渡来繁华之境的瑰丽，那是一种轻柔的触感，被放大在了我小小的瞳孔里。

你的眼光如此特别，特别到一旦沾染，我的世界就再也没有一丝一毫的阴翳；特别到一旦碰触，我的世界那灰色的天空就再也没有落过一片洁白的雪，心水也再没有结过一寸透亮的冰；特别到每每回忆，我都会奢望它能成为直到海枯石烂也不会陨灭的，我的世界那唯一的辉光。

对于你的眼光，一点一滴我也不愿浪费。

看着你的时候，我视线里唯一有意义的存在，便是那个祭起我全部生命的你。眼中倒映着你周身莹莹的温存，再用余光散射到我世界全部的角落，便成为我每天最幸福的事。

每天，我都在期待着一束光，一瞬的闪耀便能让整个世界光彩照人的一束光，就在你眼中，就深深地刺在我心里。

用花火，
再撑起一个黄昏

我愿做这黄昏里的最后一道霞光。

当晚风快递给我你的香榭，我的思绪便在不知名的情绪中堆叠。

风撩起的水雾轻纱遮迷着你的眼眸，模糊却轻柔。

我拼尽全力，用自己放射出的最后的光线，在你雪白的肌肤之上，润上我致密尚温的暖色调。

你踌躇的面庞，依依不舍的眉间，褶皱出的不是别离的哀怨，而是温柔的眷恋。

黄昏的露水浸润着你晶泽的肌肤，清寒着体感，恬淡着心绪，也仿佛提示着这世界要斩断你与我之间最致密的联系，给予我们炽热的感情以日落黄昏般凄冷的封存。

看着太阳憋得肿胀的面庞，不再撕扯云端，不再挽留这生机勃勃的世界那一切美妙的举止，我也不得不将我的身躯都散去，消失在你勾织的世界里。

至少我看见了，在我耗尽最后一寸光芒的窒息时刻，你在朝着地平线奔跑，你哭喊着宣示我的名字。

但除了夏虫的声音，一切都归于寂静。我在平行时空里冲你大喊，却沦为缄默，我着急地跳着脚，但也无法在耳畔收悉你一丝一毫的回应。

你在泥泞的大地上留下了一个个清浅的凹痕，直到我消失在天际，你才停住了脚步，失魂落魄地倾倒在地上，向我逝去的方向，交汇着眼神。

那落寞的眼光，让我不由得揪起了心。

自此，在你的世界里，你目之所及的点滴光明，都是幽怨天幕里，那些烫着光的星星。

我也在等待，在蛰伏，凭着对你的想念，在另一个时空，从天上望着你，做一双守护着你那冥冥中的眼睛。

我不会再让你等待，再让你失去，因为我会一直照耀着你，做你生命里那抹最后潋滟着的光晕。

我攒了半生花火，只为再次相见时，能为你勾织起一个温柔的、永不熄灭的黄昏。

影子，

你心里放弃的阳光

你是这偌大江南唯一一个只画影子的画师，你用线条勾勒出了这花花世界墨色的轮廓。

一切色彩在你眼中都显得那么真挚，但你却过滤掉了那姹紫嫣红的光泽，裸露的线条让一切绚烂的图景都在平滑的宣纸上瑟缩，他们都说你不食人间烟火。

但你却是一个明媚的女子，像初春新发的柳条般婀娜。我常常在你寄居的湖边假装步过，看着你泉眼般的眼眸在刺眼的阳光中闪烁。

才发现，你是那么喜欢阳光的色泽，你的嘴角总在微笑，是阳光给予的味道。

你的瞳孔散发着阳光萃取血液调和出的粉红色，你拥有这个世界最独特的能力，你可以直视太阳，一切烫着光的地方。那时候，你的脸庞总能折射出迷人的朦胧光泽。

那一刻，年岁间累积的疑惑终于在心底被你融化了。阳光固然璀璨，但终究有照耀不到的角落，世界纵然美丽，但终有阴郁交汇成的河。

一切灰白色的影子都无关对错，它们未被阳光选择，但却意外成为了这个鲜亮的世界最默默无闻的底色。

那些影子正是你心里放弃的阳光。

一瞬间，我的心漏跳了半拍，我感怀于这个世界有你这般善良的女子，孤独地守护着所有灰白的角落，做祭奠影子那唯一的一束阳光，描摹着那些瑟缩在生命斑驳倒影中的模样。

终有一天，你离开了。听说你去了一个遥远的地方，与阳光背道而驰的方向。

于是，我也背上了行囊。因为我希望，只要你在的地方，都有我影子的踪迹，都值得我祭出我全然的生命，去追寻，哪怕遥遥无期。

被点亮的星星

遇见你之前，我也经常一个人躺在草坪上，蜷曲着一条腿，慵懒地将双手背到头后。

那一刻，整个天空的星星都被装进了我眼里。

入夏夜晚的流萤缓缓飞越，仿佛撑着凉风的桨，在星河的光斑里徜徉前行。

风过草梢的声音，很好听，幻动着耳膜，和着夏虫的欢鸣，在我心底点缀着丝丝凉意。

心渐渐舒展开来，星星一闪一闪，明灭影动。我竟分不清它们是在笑，还是在害羞地将脸掩藏。

我喜欢你胜过天上的星星，我恨不得把它们都摘下来送给你。为你布置在房间的天花板上，让你每晚都能在它们的注视下安然睡去。

于是，我开始为喜欢的你折星星，蓝色的、粉色的、黄色的……

一条条五颜六色的彩带，寄托着那个关于你的梦，就这样，在我手中，变成了一颗颗饱满的星星。

这些纸星星不曾升起在夜空中，但它们确有令我艳羡的使命——来到这个世界，睁眼的那一瞬间，就注定要替我一辈子照耀你，点亮你，守护你。

在我眼里，这些纸星星比我更幸运。

至少它们能每天看着你，每天仅有的事情，就只是静静地看着你，这大抵就是这世界所赐予的最美好的安排。

我在每个纸星星上都写下了你的名字，好让这灵动的墨迹能成为这些星星的心。

这些小家伙都迫不及待地想跳进漂流瓶，装得满满的，被你握在手心。

这些年，每天思念着你的我，还是会经常一个人去看星星。也不知是它们点亮了我，还是我点缀着它们的生命。

叁

谢谢你为我找回了久违的眼泪的滋味

它们都有一个爱你的名字

明媚又动听

/《给眼泪起个名字》

一半的你，
一半的我

如果我有一块黑森林，我会将它切一半给你，为你准备好刀叉，放在你手心。因为看着你的嘴角缱绻着奶油的甜腻，我的心便会比用舌尖品尝这蛋糕更甜蜜。

如果我有一杯草莓奶昔，我会插两个吸管，然后用双手虔诚地捧到你面前，与你共饮。因为这样，就可以拉近与你的距离，双目对视，然后用这粉色的清凉，将自己攀升的体温，偷偷掩藏。

如果我的生命，可以分一半出去，我希望可以放在你那里保管。这样我就可以顺理成章地在你掌心的庇护下，获得体贴的照顾，和你揪着心的在意。

爱是可以分享的，也只有分享，才能让两颗心渐渐交缠。

于是，我每天都会主动联系你，好让你在收到我简讯的时候，将我字里行间的倾慕，通过视觉神经，传导进脑海，再穿梭于胸膛，只为能让你渐渐感知到我那一颗因你而跳动的心。

在你的世界里，是否也会有一半的我？这不仅成为了我生活的目标，也是一个未曾完成的期许，更是在执念的驱使下，支撑我活下去那最重要的意义。

将偷拍你的可爱相片，与我的照片粘接在一起，放在卧室窗台最显眼的位置。每天一睁眼，我便可以第一个和你说一声早安；每天临睡，我也可以用最温情的双眼，看着你，然后美美地睡去。

生活自在一半的你和一半的我所缝纫出的图景里，我们形影不离，交相辉映。

我愿做那蓝天，包裹你这白云，做你蔚蓝色的背景，也好让你每天都柔软着我的心。

起风的日子里

起风的日子里，衔去了尘埃碎屑。可在迷离眼眸的缝隙，我却没有被依旧阴霾不休的天空所吸引，转而乞求鼻息能卷来你的香气，馥郁干枯的身体。

夏天的风总是让人在阳光的倾沐下悠然遐想，透出些许安逸，就像炎炎夏日突如其来的薄荷味的清凉，让人的身心，一阵冰沁。

冬天的风总是让人在茫茫的雾气里有所抗拒，就像置身于绵绵不休的阴雨之中，不由得瑟缩住身体，好似在被这个世界抽离。

你从我身侧走过的风，那般香甜，有如初绽的栀子花的芬芳，让我忍不住想大口呼吸，即便浪费丝毫，我都心痛不已。

然而当你经过以后，我仍依依不舍地驻留在原地。闭上眼睛，我体味着嗅觉被充盈着的，关于你的味道。于是脑海中又深深烙下了一种有关喜欢的符号。

后来，每天我都期待着与你擦肩而过。

起风的日子里，你身上的味道可以漂泊很远，我的嗅觉因你而变得异常灵敏。闭上眼，方圆五米之内，都能感觉到你甜腻的气息。

感谢鼻子给予我的空间感，让我能锁定勾织在我世界角落的你所散发出的味道，那是一种会令我耸鼻急切呼吸的在意。

起风的日子里，无关情绪，无论天气，我都会出现在你必经的地方。

闭上眼睛，我练就了一种能力——顺着闭合的眼睑，呈现出的幽深黑暗让我的嗅觉变得专一，你的味道便是通过鼻息传导而至的，能震撼我身体每个细胞的，会引起我心跳加速的特别感知，是专属于你的，唯一的。

你到来，我心底的世界便被描绘出鲜花，涂抹上天空，冒出叮咚的泉水，韵出一株株翠竹……

你走后，它们便也凋残了，所以我喜欢上了你在我身边的感觉，我离不开你。

起风的日子里，我一直在老地方等你，念你成瘾。

不知你是否也在意过那个，无数次出现在你的世界，却没有被唤醒过的男孩。

灵魂安放的角落

一个人的时候，我更像是在流浪。

总在四处张望，不知天之涯是怎样绮丽的风景，不知海之角又有怎样动人的旋律。

漂泊着的生活，也曾领略过草原的辽阔，也曾荡漾于大海的清波。

与其说是独自旅行，倒不如名之为灵魂找寻归处的途径。

我也曾在茫茫人海，尝试发现一双明静的眸子。

让我能驻足一旁，静静观赏，默默跟随，悉心等候。

不得不说上天这次没有负我，他对你赤裸裸的偏袒成了我对你赤裸裸的偏爱。

与你目光交汇的刹那，我的胸腔便被瞬间袭来的心悸填满了，第一次感觉呼吸是这么沉重。

你就这样出现在了我的生活里，彩色的身影，那么真实，将我世界的一切都涂抹成了你最爱的粉红色，包括我仅有的一颗完整的心。

可我偏偏如此自私，我想要找寻的，是一个灵魂安放的角落。而我能给你的，仅仅是我灵魂的全部，是我那颗再也不会被沾染的爱你的心。但我笃定，你能给予的，是一辈子困住它的牢。

为了你，我只剩下一具躯壳，灵魂交由你保管，也是我这辈子最大的成全。

灵魂安放的角落，在你心里，也许是一座我为自己设下的牢，但我希望永远也逃不掉。

给眼泪起个名字

如果人的每一滴眼泪都是有生命的，都是为了替我们在人世间完成一个使命，那我大抵会给我的每一滴眼泪都起一个名字，好让它们不会在人世间白走一遭，而是能获得一个特殊的印记。

今天的眼泪名为“忧郁”。

它就像苍老的古藤，在密林里穿行，明明知道到不了阳光充盈的树冠，却依旧用褴褛的外衣，包裹伤口，埋头前进。

就像我眼底倒映着的你的迤逦，明明知道那不是一场旅行，而是一次悬崖边的攀缘，但我依旧用尽全部气力，去支撑身体，一步一步，没有丝毫退让地向你靠近。

因为我笃定，有你在的地方，便是这世界最美丽的风景，这是上天给予的恩赐，我又怎能不用心培植，去耕耘。

昨天的眼泪名为“满足”。

今天会是明天的昨天，明天又将成为后天的昨天，时光交替轮转，也不知到底是谁为谁做了岁月流逝中的嫁衣。

人往一世，总有要回首的经历，总会在时间的消磨中，勾连过往，为明天埋下伏笔。

而就在年年岁岁的更迭中，我们点缀满生命的刻度，给它们起了个好听的名字，叫“曾经”。

驻留在内心深处的沉甸甸的记忆，就像一片宁静湛蓝的海，清澈透明。

潜入海底，我发现了数不尽的瑰丽景致，美得那么真实，明明触手可及，却又在大海的清波中浮沉缥缈，若即若离。而我只能隔着潜水镜，望眼欲穿，流连着，不愿离去。

眼泪是值得感激的，它承载着我们全部的情感，弥足奢侈。

长大后，顿觉泪腺失去了曾经的雨露丰足，变得几近干涸，有着高高在上却看破红尘的冷漠。

已经没有多少事再值得将包裹露珠的眼泪滚落下至了，于是伤心成了一个人内心困兽之斗的伤心，难过成了一个人面无表情、风平浪静的难过。

而遇见你以后，你所给予的眼泪，我都不会忘记——刻骨铭心的，像心底凹陷成的深潭，被我小心翼翼地收藏着，它们都有一个好听的名字，源于你所给予的，我的世界那一点一滴的感动。

谢谢你为我找回了久违的眼泪的滋味，它们都有一个爱你的名字，明媚又动听。

麻烦你告诉那个女孩

我喜欢一个女孩，黑色的长发，脸微胖却可爱得不像话。

那时候，每天放学，除了思念，我什么也没有带回家。

对她有千万句难以启齿的情话，可时至今日，我却什么都没有告诉她。

就麻烦你告诉那个女孩，以后的以后，即使天各一方，我那不放弃的心儿，也会追随着她流浪。

每天，我都期待着和她相遇，她的一颦一笑都会牵动我愈发敏感的神经。

也不知这样的日子还会持续多久，而我能做的，就只有将湍流如溪的想念溶解在眼窝的柔波里，眺望她寄居着的方向。

那个女孩已经在我心底扎根发芽，她好似一棵参天大树，枝芽伸展直戳进我心壁，也挡住了其他企图刺入我心里的阳光，遮天蔽日的威望，占据了整个胸膛。

如果你见到那个女孩，麻烦你告诉她，曾经有一个男孩在她看不见的角落，痴痴地等，不曾离去。

如果你见到那个女孩，麻烦问问她是否安好，我想知道在每个艳阳或是阴雨的天气，有没有人为她撑伞，她会不会一个人在烈日下，风雨里，露着让人心疼的背影。

如果你见到那个女孩，也请替我保密，美好存留过的证据，就让它们都搁浅在最温暖的曾经。

麻烦你告诉那个女孩，沉溺在喜欢她的流年里，我直到现在都还很开心。

肆

不是我没有勇气

而是不想让你再受任何委屈

刚刚好的年纪

越是喜欢

越懂得遥望远比握紧更让人遂心

/《照片里的你，美得像画》

搁浅的纸鸢

这就是纸鸢的宿命——放手，然后离开，顺着你远眺的眼光，搁浅在那空空的天宇，只剩下我一颗空空的心。

起风了，茫茫无垠的草地，像是一张绿色的大网，套牢了大地。

你说，你厌倦了尘世的芜杂。

你说，这世界有太多晦暗侵蚀着你的心。

你说，你最喜欢天空的明静，空空旷旷的，湛蓝纯清的，很简单的美丽。

你说，也许这辈子你都到达不了的地方，只能拜托我前往，我就是你唯一的希冀。

而我正是你托在掌心的纸鸢，在你眼中的我，是你世界里唯一的色彩，也是你心中一块透亮的，能凝结出快乐的冰晶。

我渴望被你放逐于天空，因为我看穿了你眼中缱绻已久的迫不及待。

你那楚楚动人的忧郁眼神，无时无刻不在刺痛着我的心，让我颤抖，更令我战栗。

终于，我离开你的那一刻，乘风起飞的那一瞬，留恋扼住了我的喉咙，让我那郁结心头的挽留，最终也没有说出口。

你手中的线连接着我的身体，我能真切地感受到你指尖传来的微弱心跳，感觉到你的体温，比这高空寒冷的空气更让我安心。

我所能体味到的今生与你最大的距离，就在这线的两端。我在遥远的天空无助地搜寻着你，虽已然不见，但我依旧相信，线那头的你，终究不会将我抛弃。

即便有一天，这线断了，留我一个人漂泊在这一望无际的天宇。

你也别担心，我是那只永远搁浅在你心底的纸鸢，纵使分离，在这烟波浩渺的世界，我也只念着你。

我们都在风尘里，又何必

一个人上班，熹微的晨光明媚着，可路灯却还没有因为光明的再次降临而熄灭，依旧守候在街道旁，有种穷途末路的悲凉。

一个人的早餐，没有很大分量，在街边摊买卤蛋、油条和豆浆也终究无法领悟两个人做早餐的愉快，或许那会因你而有抹茶和果酱。

一个人乘地铁，带着惺忪睡意，倚坐在靠背。目光在人群的间隙游离，和多少鲜活的陌生人擦肩而过，却在生命中与之仅有这一次近乎微弱的交集，也只是捕风捉影。

一个人的世界被填满了孤单的愁绪，却只能无奈地在命运设定的码头，驻足等一艘航船。

也曾被芦苇迷了眼，也曾被水波乱了心，却未曾惶恐，因为笃定心中等待着的那个她一定会来，执念的力量让涌动在心头的失望都悉数幻灭了。

我知道，不是每一份孤单都会在茫茫人海得到一个回应，也许只是一句暖心的问候，也许只是一抹会心的微笑，都可以把我深深地锁进一张网，令我无法挣脱。

就是凭借这样的际遇，我与你擦肩而过，与你眼眸交错，与你在天台一起看城市夜空的花火。

或许是我不想再听天由命，故此祭出了抗争命运捉弄的倔强。我在心里尽心尽力地扶植着对你的喜欢，我拼命地向你靠近，想成为能照亮你生命的耀眼光晕。

我们一起走过的街道，都退却了萧索，你精致的眼妆，跃然白净的面庞，像点缀在浅海的小岛，那样灵动，让我神往。

你每一次朱唇轻启，唇齿间吐露的字句，都刻录在我脑海里，令我难以遗忘。

你说，在人海相聚不易。

你感叹，长大以后，又有多少人还能再惺惺相惜。

你摆手，说你什么也不要，只要我简简单单的陪伴与关心。

我摸着你柔软长发襁褓着的小脑袋，试图给你一个无比肯定的回应。

我们都在风尘里，一个人的喘息充斥着寂寞的空气，还在无端滋长着，弥漫着。

邂逅了如晨曦般温暖的你的灵魂，我又何必在自己圈设的牢笼里故作姿态，自斟自饮。

照片里的你，美得像画

霓虹也遮蔽不了，岁月流光中，那些挽着暖意的湿漉漉的模样。

你知道吗？每天唯一能牵动我心绪的事，就是看你发的状态——快乐的也好，悲伤的也罢，我都会复制一份，好在心里种下你所给予的清浅心情。

在我眼里，你的世界被浓缩进了尺寸之间的朋友圈。看着你的照片，笑意的，顽皮的，都会化作涓涓暖流，湍急地灌入我胸口，直抵我心里那个精雕细琢的所在。

我生活的晴雨，被放逐在你的朋友圈里，附和着你的心情。

多亏你只有些许小脾气，因为即使只是你偶尔困顿的心绪，也会在我的世界，撒下倾盆大雨。

如果这就是倾心，我感谢你每天的分享让我产生了一种错觉——像是走进了你生活的一角，充当着一个合格的看客。

你的一条条动态让我获得了一次次感受你世界温度的契机，至今都令我弥足珍惜。

照片里的你，美得像画。未曾想过，这世间所有精致的雕琢，都被吸收进了一个女孩的面庞。上天是个多么精巧的工匠，他将所有美好的线条都覆盖在了你吹弹可破的肌肤之上，让我隔着屏幕看你的眼光，都轻柔了些许。

还好，在这个物欲滋长的时代，喜欢一个人可以静悄悄的，静到无声无息。涌动的血液和怦怦的心跳也只是屏幕另一端的情愫，不会留下什么填满过羞怯的证据。至于隐秘在你周遭的我，依旧云淡风轻，杳无音讯。

也许某一天，除了对你的迷恋和随时弥之以生命的照料之外，我还可以给予你想要的生活。

那时候，我对你的好才不至于让你再受任何委屈，我的出现才称得上是为你的生活增添了一抹鲜亮的风景，能照亮你的全世界那般，闪烁着未来的希冀。

如若时光轮转到那个节点，你还是孑然一身，我定会拼尽全力，用我生命的一切去谱写最动听的乐曲，好能流连在你旁侧，向这个世界大声宣布“我喜欢你”的消息。

不是我没有勇气，而是不想让你再受任何委屈，刚刚好的年纪，越是喜欢，越懂得遥望远比握紧更让人遂心。

自习室的女孩

在这场秋雨的屋檐下，我的眼光总被那个坐在自习室角落的女孩所吸引。

在我愈加敏感的神经所搭建的意识里，也许她已经变成了一种信仰，缠绵着朦胧的细碎留影。就像这秋雨一样，除了漂染着浓重的色彩，也打湿了我心底的柔软。随着血液融贯，我的动脉湍急地沁入着一汩汩关于她的清流，温暖在我身体的每一个驻角。

我相信冥冥中的相遇，那不经意的一瞬，眼眸就定格在了自习室前座那个小巧的身影上。

盼兮美目，倩兮巧笑，都在心底萦绕。

这世间一切我所能企及的美好，都精致地弥合在了一起，拼凑成了这个沉淀在我眼波里的自习室的女孩。

这一切都是她不知道的，默默地对一个人倾注欣赏，温婉着自己每一寸肌肤和毛孔的感觉，也许本身就是美妙的。

于是，在我眼中，她成了既定的公主，如此特别，即使只是静静流连在她曼妙的背影里，也足以让我顿目，切入许许柔光。

就是这样一张温柔的侧脸，一头柔软披肩的长发，一个让人倍感温馨的身影，支撑起了一张巨大的网，让我对自习室桌椅联结成的条条框框的方格，寄予了从未有过的好感和期望。

自习室变成了一个能拴住心的地方，因为她的存在，这里的每一寸空气，都变得奢侈起来。

时光难捱，越是默默倾注目光，内心就越发躁动与慌张。

时光不复，也许某一天，那个座位就换成了另一个她，或者他。

也许故事沿着那样的轨迹发展是令人惋惜的，也许还会带来不舍与煎熬。

人是感性的，我庆幸在她身上定格着的鳞次栉比的温存，让我怜惜，令我着迷——在她眉间，在她发梢，在她唇角，在她学习间隙食指交叉伸的那个明媚的懒腰。

我变得越发贪婪，因为时间不是恒久的，岁月也不能存档，只会在我的稀释中，渐渐消磨，从而让她的背影，渐渐清晰在脑海，却又患得患失，生怕她消失在某一个不经意的时光节点。

但那一天，也许就快来了，时间会将她抢走，我又怎能坐以待毙。

美好，是心底的信仰。

就像那个自习室的女孩，如一束百合，清新优雅，却在我心底留下了万水千山的阻隔。

距离所带来的美好，让这种微妙的关系，变得让我不忍心去打破。

那静静躺在心底的自习室的女孩，安静着，却让我的生活洋溢着快乐。

虽然害怕惊扰到她，但内心的执拗还是让我鼓起了勇气——写一张纸条，轻轻夹在她书卷的第五百二十页。之后便是不安地等待，既希望得到回应，又怯怯地不知该如何应对这安静氛围急转直上激起的血脉涌动的心悸。

也许你的生命中也出现过一个自习室的女孩。感怀于此，也许她在你心底就那样静静地伫立着，但这也是一种恩赐，来自上天的。

即使没有“以后”，至少你也还保有这个美好的“曾经”，这样真好。

醇香的味道是你，即使面对凌晨惨淡的天空，我也相信，黑夜再长，也终会被温婉的晨曦撕破。

而那第一缕柔光，便是你。

秋分的意义

如果日升日落留下的想念能被包容在疲惫一天的收束里，夜里，我会加倍思念你。

而秋分便夹杂着我对你的喜欢，被赋予了一种特殊的意义。

从此，每天我便有机会用十二个小时以上的时间念起你。

更令人兴奋的是，从明天起，夜晚会赐予我比昨天想念你多一些时间的契机。

从前，对于秋天的萧索都藏在寻求温暖的厚重外套和柔软的围巾里。

但自从我心里住进了一个如繁花般灿烂却冷若冰霜的你，秋天的意义便摇曳在夜晚冗长的思念和对于这灰色填满时光的珍惜。

好比结绳记事的印记，人总在祭奠一些特殊的日子。

而我便也在用一个个日子串联起我们之间的交集，虽然流淌故去，却在我心里留下了不可磨灭的凹痕，并清晰地倒映在你清浅的笑意里，还是那个令人百感交集的面庞，陌生又熟悉。

如果有那么一天，我能被你需要，无论是垂着雨丝的秋临，还是飘着大雪的寒冬，呼唤着的心都会催促着我朝着你的方向，飞奔而去。

秋分后，清晨和黄昏都渐渐积聚着浓重的雾气，像是刻意拉远着我和你本不亲近的距离。我向着有你的远方眺望，奈何双眼却因雾气而失去焦距，模糊的映像，全然不清，由瞳孔荡入脑际，分明诉说着别离。

在这个连光线都式微的季节，万物都开始沉寂、凋零。我又如何挽回那消逝在微光中的爱情？难道这就是秋分的意义？

分别得久了，想念也开始肆虐无依，而你的身影却依旧了无踪迹。

伍

这一生

我能绘出的最美丽的肖像

便是你的模样

这辈子

我能刻出的最美妙的痕迹

便是你的名字

/《做你世界的一支彩色铅笔》

做你世界的一支彩色铅笔

这一生，我能绘出的最美丽的肖像，便是你的模样。

这辈子，我能刻出的最美妙的痕迹，便是你的名字。

在有你的日子里，我像一支彩色铅笔，不停地向你的世界涂抹着我的色彩，希望你的生活如虹，理想如梦。

岁月流光中，我化作彩铅划出的每一笔，都是时间镌刻下那亘古不变的符号，藏着一个令我心动的秘密，一个一眼可以望穿的秘密。

于是下雨天，我绘出一把水墨色的油纸伞，好让你能握在手心，在雨中自如穿行。

艳阳高照的时候，我画出棉花糖般可爱的云，画出一束束盛放的花从天空抛洒，描摹出一张水纱网，为你炽热的心降温，带来丝丝凉意。

无论多么清冷的黎明，都将在我的授意下，重新拥抱温暖柔和的光晕。因为我想感受从你指缝中钻出的瑰丽阳光，那蓬勃的生机，贯穿在有你的穹顶之下，定会是种曼妙的感觉，美好且没有一丝疏离。

每当阳光在地平线的催促下放弃了最后一束光的摇曳，我便急不可耐地为你绘出漫天的星火和流萤，好让它们眨着眼睛，在静谧的夜晚陪伴着你。

故此，无论多么凄迷的黑夜，你都不会在我眼中淡去光明。

从前，我以为在你的世界里，我只是一个过客。

可如今，遇见了我的你，却因为我的闯入，把自己的世界重新变成了一张洁白无瑕的纸。

你对我说，你心里蔓延着的空白，需要一位心匠将之填满充盈。用最饱满的色泽——纯净的、通透的、由内而外的、粹自灵魂的色彩，去描绘我心中那个希望与你生生世世不相分离的世界。

我尽心尽力地装点，做你世界的一支彩色铅笔，独一无二的，为你创造天，创造地，绘出浩瀚的海洋，描摹星空的美丽……

而现在，只缺那位童话里的女主角回归，我所有长情的眼光都将倾落在你身上。

就请别再等待了，握紧我，我就是你手中翻动的色彩，你就是我心中最特别的所在。

臂弯中熟睡的你

夜晚，当星辰催人安睡的时候，你总会撒娇似的用圆鼓鼓的眼睛看着我，接着轻轻地拉过我的一只臂膀，做一个俏皮的鬼脸，随后安分地将脑袋折进我的臂弯。

每当这时，我的指尖都会小心翼翼地传导着你的心跳。那踏踏实实的信任，让我觉得手臂承载着的全世界，很重，很重。

每当看着臂弯中熟睡的你，我都会忍不住挤出一抹浅浅的微笑。因为眼中倒映着的那个你，倚卧在我给予你的身体上，是那么安静。

你的发丝轻柔地摩擦着我肌肤的每一寸，舒适的感觉。

那和缓的鼻息，拂动着我的一束束汗毛，痒痒的乐趣直钻进我心里。

曾经不止一次地幻想过能被你依赖，就这样，在一旁静静地陪你安睡。

也许当你做噩梦醒来的时候，如若第一眼能看见我，也会有些许安慰了然于心吧。

我试着轻轻抱紧你，用一点点臂弯的压力，让你即使在梦中，也能感觉到我那颗为你而跳动的心在支持着你，守护着你，会为你拼尽全部气力。

夜晚是我一天中最向往的时段，那种渗入空气的静谧，让我可以有时间，用澄清的眼眸，去倒映臂弯中那个无比乖巧的你。

臂弯中熟睡的你，像孩子一般，嘟着嘴的稚气，在我心底，静静矗立，让我的世界满溢着粉红色的爱心。

海边的烟花

为了存留生命中逝去的美好光景，也为了成全一个念旧的自己，我一直保留着一个习惯——每当相机的存储卡满了，我也不会删除那些刻着记忆的原始图样。

而是成全它们静静地躺在存储卡里——每当我重新拾起，装回相机，还能看到那时那地让我感动过的模样，心情便分外舒畅。

此刻，傍晚做旧的阳光填满了整间小屋，包裹着我的瞳孔，反射在相机的屏幕上。

翻看曾经烙刻过我们背影那漫步海边的照片，那一串串零落的脚印如今已被海浪抚平。对于海岸，对于沙滩，对于头顶的天空和眼前的汪洋来说，我们彼此倾心的过往同它们步过的沧海桑田相较太过渺小，它们怕是早已对我们所经历的年岁模糊不清了。

它们都是亘古不变的，每一个人在时间和空间跨度做出的林林总总，那些分分合合，对于尝尽了斗转星移、海枯石烂的它们，都只是一瞬无足轻重的过往，如白驹过隙般短暂，不值得在心尖偷留哪怕一个毫不起眼的位置，去贮藏。

而对于我，这确是承载了生命重量的场景，也是时光交错中弥足珍贵的部分，不曾遗忘。

那可是你与我一起领略过的沙滩，金色的、干净的砂砾柔软地抚摸过我们的脚底。

因为你，照片场景所定格过的一切，都被我用心赋予了特别的含义。

只要与你在一起，便能铭刻值得我用一生去惦念的瞬间，而这相机里的照片翻动储存着你与我的记忆，它们一直提示着那些与你并肩发生过的曾经的美好，那烙下的信誓旦旦的证据。

还记得吗？在海边，阳光将要消逝在遥远的海天一线，海风声嘶力竭地呼号着，天空渐渐敛去了昏黄，终究被那最后一缕阳光所抛弃，被海染成了灰蓝的颜色，黯然在惨淡的云翳里。

我从书包里拿出了准备好的烟花棒，笑着捧在你眼前。

你兴奋地拍打着我的胸口，拿出两根，在我们围起的不透风的角落，将它们点染。

刹那间，它们成了这天地间最耀眼的色彩，闪烁着璀璨的光，一眨一眨地抛洒着短促流星般曼妙的花火。

我在一旁，看着挥舞烟花棒无比开心的你，半蹲着用相机定格下了这暖心的一幕。

那时候，在我心里只有一个执念——希望在你的世界里，我也能做一束续命的烟花，绝非贪图那几十秒的美丽，而是要绚烂你全然的生命。

踮起脚尖

当你踮起脚尖的那一刹那，我才发觉，我们的世界将要碰撞出火花了。

北方的冬天是寒冷的，夜晚，蜷缩在厚重的羽绒服下，身体有一种豁然的满足感。

你与我约好碰头的地点是熟悉的奶茶店，你点了惯常的茉香奶绿，而我要了一杯香芋奶茶。

攥着温热的杯壁，看着你无瑕的面庞，在昏黄灯光的掩映下，是那么逼真。

或许是缘因经常想你，念你，才让我感觉能看到久违一天的你的举止，就活生生地演绎在咫尺之距，像极了浮现眼前那不真实的虚灵幻象。

感怀能这样近距离俯瞰你模样的视差，能够轻巧地把你和此刻温馨的环境都倒映在自己小小的瞳孔里，让它们在心底绽放开来，生出星星点点的花容。

冬天，街道空荡荡的，只有寒风的嘶唳，仿佛催促着归人。

而人们常说的，让人心动的事一定会令自己的每一滴血液都汇聚成暖流，让身体炙热得就像一个火球，燃烧着全部的生命。

正是你，让我真真切切地感受到了这股魔力，让我悬着的心，渐渐向你靠近。

经常会无端地生出许多问题萦绕在我脑际——你也喜欢我吗？你想和我一起相守在每一个日升日落吗？你会像我担心你一样担心我吗？

直到你勾了勾我的手指，那么义无反顾，然后试探性地握住。

我的心空了一秒，随即笃定地抓紧了你的手，将你郑重地置于身前。看着你，微笑洋溢在我脸上，更在我心里荡漾开了圈圈涟漪。

你轻轻地闭上眼，缓缓地踮起脚尖，我在毫无预兆的情况下，沉醉在了接踵而至的甜蜜场景里。

我尝到了你嘴唇传导而来的温热，那么轻薄，蒸发了我此刻脑海中一切阴郁的泡沫。

我的身体僵直在原地，脑袋一片空白，居然不敢再直视此时粉腮盈面的你，哪怕一眼。索性用一个沉沉的拥抱，来表达此刻我对你那溢于言表的感激。

那晚，你做出了今生最重要的选择，答案是我。

烫着光的地方

你知道吗？所有烫着光的地方，都有我为你许下的愿望。

其实我也怕黑，不是怕黑暗带来的恐惧，而是不愿面对光明落幕后，那心底窒息着的失去光的寂寞。

照耀着的，终究是暖的吧。而每当黑夜降临，一个人面对瞳孔里延伸到世界尽头的黑暗，泪腺就软弱着，显得好无助。

其实，在这个世界没有任何一个人能足够坚强，逞强的外衣退却时，黑夜就显得更加冗长。

长吁短叹时，叹息会被伶仃地放逐在致密黑夜编织的网中，将自己的心和四肢都束缚着。

直到有一天，你出现在我身边，照耀在我周围。那温热的光束，绚烂着迷人的光晕。所散射出的柔光包裹着我，使得那萦绕周身的暖意在我的血液里急速涌动，带来了我的世界不曾有过的温度。

自此以后，我经常呆呆地向烫着光的地方遥望，因为有一种错觉，总让我想重温那束耀眼的光，那种血液沸腾过的温存——只有你才能给予的，照射进心底的，不可磨灭的，丢失就如同泯灭信仰和希望般的温度。

这是一种苦楚，可我却心甘情愿。你知道的，小草又如何能不迎着阳光生长？

为了寻找烫着光的地方，我去过险峻的山峦，在云的襁褓下，依然不愿放弃透过云翳的希望；我来到极光之北，在苍穹之下，流转眼波的绮丽之景，我这辈子都不会忘；我也试图在最凄冷的黑夜，沿着北极星指示的泥泞小路，快步奔跑，因为我知道，你就在不远处，目之前方。

全世界的温暖与光亮都在我心里与你联结，谢谢你在我心底种下的烫着光的地方。

陆

你就是未来可期的那个人

令我内心笃定的那个人

值得我奋不顾身的那个人

/《你在怀中，也在湖心》

除了你，我一无所有

如果你问我：“在这个世界，你能放弃什么？”

我会郑重其事地告诉你，我什么都可以不在意，唯独不能没有你。

曾以为在这个世界，经过一点一滴地耕耘，伴随着无数次日升日落的洗礼，已经将心倾注给了许多诉诸物质才能活下去的累积。

可人终究是感性动物，之所以矗立于天地，只因充斥在血液里的是感情。

动物的眼泪是身体的疼痛在作祟，可我的眼泪是获得，是期许，是心痛，也是失去。

每天，穿梭于城市的高屋建瓴，四角天空也企盼着阳光的眷顾，好能透过窗台，获得一丝喘息。

当成长的航船在静静流逝的岁月中一帆风顺，人也会寂寞，也会期待着冥冥中的相遇。

感情就像不可思议的成瘾魔法，一旦沾染，就会在它编织的幻象里心醉神迷。

因为遇见了你，我的生活出现了转机，就像黑夜终将邂逅黎明。世界不仅孕育着星光，也会绽放最温婉的晨曦。

自从你闯进了我的世界，它便一寸一寸地被你的温柔所侵蚀。

你就像漫天的太阳雨，夏日的，蓝天馈赠的礼物，和着阳光般的微笑，挥洒出一道斑斓的彩虹，出现在我眼前，更绚烂在我心间，就连与你之间的空隙也被这七色之光慢慢填平了。

我时常会想，你的生活如果没有我，是不是会过得更好；我的世界如果退却你，是不是就会立刻分崩离析。结论总是我不能失去你，你这唯一的小精灵。

在这个世界，物欲终究如此直白，那么生冷，冻得人艰难喘息。它也曾凝结成雾气，令我双眼遮迷。

但还好我有了一个你，唯一的你，令我倾心的你。

除了你，我一无所有。

请你记得，最艰难的时候，我也不曾放弃。

你在怀中，
也在湖心

还记得吗？金鸡湖畔，你依偎在我肩头。

那个傍晚，风夹杂着水雾，透着些许清爽的凉意，消磨着夏日残存的热浪。

湖水碧绿得就像一块镶嵌于大地的美玉，倒映着天空，温润着心情。

浪花拍打着水泥台阶，发出唰唰的声音——有节奏的，有如此时依偎在我肩头的你的鼻息，撩拨在我耳畔，让我紧张到心律不齐。

你抬起头，偷偷看着我，故意眨着眼睛，去迎合我满足的笑意。

此刻，我的心水也有如这澎湃的潮涌，一波又一波，纷至沓来。

心已然快要被填满了，溢出的喜悦所给予的遒劲的能量，不断搅动着我的心水，洗刷着曾经蜷曲着的旧的伤口。竟然是清凉的释怀感，就像夏日的柠檬水，连同沁冷的冰块一并畅饮入喉，躁动的心和在胃里滑过的冰块一起，在我的身体里融为心蜜。

不得不承认，感情是种捉摸不透的能量，它轻盈害羞地徘徊于身侧，即使只是不经意地照面，也会触动我心底最柔软的心弦。

有时候，它就毫无预兆地出现在我面前，就像你突如其来的情话，你说你喜欢我，想牵起我的手，想横亘在我眼前，嘟着嘴，让我哄着你，接着被我搂入怀中，永远被我褓藏于心。

那一刻，定会有光芒出现在你四周，会有星星闪动在你眼眸，会有阳光温热在你胸口，让我相信，你就是未来可期的那个人，令我内心笃定的那个人，值得我奋不顾身的那个人。

看着湖水倒映着我们的镜像，被浪花不断揉碎，却总能破镜重圆。我那并不坚强的心竟隐隐生出了一种安全感，那是一种心被捧起，又被紧紧襁褓着的踏实。

你轻轻地将我的手从腿上挪开，顺势一头扎进我怀里。这时的你，不仅在我怀中，也在不知所措的我眼眸凝望着的黛蓝湖心。

有一种情绪，叫睹物思人

夜晚，一个人在昏黄的台灯下，收拾衣物的倦怠被一个粉红色纸袋子的出现横扫殆尽。

袋子上大大的蝴蝶结已经被蹭得有些泛白，我急切地投入着仿佛自己的皮肉被蹭破般怜惜的关注，小心翼翼地用手抚上去，在心里竟也生出了些许生疼。

依稀记得，这是你送我的第一件礼物。

北京冬日温婉的阳光丝毫阻挡不了冷风的吹缠，尽管天空碧蓝如海，可气温却低得让人不得不蜷缩在厚重的衣物之下，遐想着能被隔离出这个清冷的世界，找寻一个温暖的角落将自己的肉身掩藏。

刚相识一个月的你在简讯里说要给我一个惊喜，虽然我口中推辞着，装作礼貌的模样，但内心的期许也许是你一辈子也不会了解的心急。

那天，天空依稀蔚蓝，你穿着一件白色泛旧的羽绒服，就像晴空下的一撮雪，在我眼中流连作白花花的一片，幻化作整个世界高光的那一点。

微笑上扬的嘴角装点着平滑的脸庞，你的双手交缠在身后，故意掩藏着什么东西。

“喏，送给你的，记住哦，一辈子也别还给我！”你故作认真地说，声带却因为害羞而夹杂着怯怯的颤音。说着你从身后拿出了一个粉红色的袋子，郑重地递到了我手中。

“那……我就恭敬不如从命了，谢谢你。”我接过来，僵硬地挤出一抹礼貌的微笑。

“不许偷看，回去再打开吧。”你笑着跑开了。

礼品袋粉红色的外衣仿佛让这个干枯的冬季都充满了飞花的诗意。我迫不及待地拿出里面那一团绵绵的柔软，是一条褐色的围巾，滑腻冰条线的触感，就好像在抚摸着我芜杂的内心。

我细细地瞧着，每一个针脚都仿佛韵着你无法言说的情意，也许再没有什么比这条围巾更适合表达那狗尾巴草般隐匿的感情了吧。

为喜欢的人做任何事想必都会是幸福的，也许这就是喜欢本身的魔力，才会让那么多人前赴后继，抛却了孤独的空气，在另一个人的照耀下徐徐前行。

也许岁月沉淀下了什么，也许它反而散去了什么。

即便现在的我俨然失去了你，但这条围巾依然记录着那段感情，这才是我这辈子偷偷流走的时光所赠予的所剩无几的在意。

如果你问我爱情，我真的无力参透。但如果我手中恰好有一束花，我会送给你，因为正巧我也喜欢你。

纯洁如六角冰花

如果你同时体味着雪的静默和阳光的温婉，那你将会是一个无比幸福的人。

这世间的一切美好，都被定格在了方寸瞳孔之中，好似一缕缕淡淡的馨轩在眉眼缱绻，绘你笑靥，暖你胸口，润你心田。

雪透着刺骨的清寒，触碰其间，会闭合身上一寸寸肌肤的毛孔，尔后，渐渐被麻醉，失去知觉。感觉不到躯体的存在，也就没有痛感，也许这就是上天带给人间的另外一种解脱吧。

每当邂逅雪的降临，我的眼光里都会隐隐出现一个冰雪般清纯的人。也许那正是思度旧人所产生的错觉，也更像是你的影子还在我心底隐隐作祟。

曾经的你也纯洁如六角冰花，在我眼中，你就像一张未被涂抹的白纸，总让我生出想为你描绘一切美好图景的冲动。

在天空惨白，心情灰郁的时候，你就是能让我脑中先是一片空白，再充盈着无限遐想的灵药。

你的身体由内而外散发出清冷的温度，透着幽秘的寒意，仿佛要将周围环抱着的一切悉数冻结。

也许世上一切美好的事物都是这样，当你靠近时，就会发现她的防备。

虔诚地欣赏，便意味着用双眼紧盯太阳，忍受灼烧；便意味着用双手握紧玫瑰，强忍刺痛；便免不了用肌肤亲近冰雪，咽下寒冷蚀心的煎熬。

如果这就是拥抱美丽、追逐幸福的对价，那我相信，我还会一直喜欢你，纵使前路风雪散漫，爱你这点勇气，我真的没问题。

与你有关的字句

如果说，每一个沉溺于爱情的人都会变成诗人，那恐怕我也会陷入这个魔咒里，无法挣脱。

将你稳稳地装进心里，每一天的陪伴，我都放逐于文字，镌刻在脑际。

我笔下的故事全都关于你，你是否也想倾听？

字里行间的美丽，全仰仗墨香留存的印记，在书页纸张柔软的触感间穿行。

我相信记录在纸上的，那不可磨灭的美好，是会一直保存下来的。即便有一天，我失去记忆，那些与你有关的字句，也会告诉我，曾经的我，是多么喜欢你。

是那么不确信你的反应，我在你身边的时候，与你闲谈举止间，唇齿吐露的每一个字，我都小心翼翼。

“喜”“欢”这两个字生得多么美丽，害羞着我在素笺上写下的那个依稀青涩的你。

也许是我不敢告诉你，也许是我不敢表露心绪，生怕惊扰到你，打破我们之间似有似无的天真友谊。

看着每天的日升日落，仿佛阳光照耀下的大地总会刻画出你的影子。也不知道，这是不是我一直希望你出现的原因，所谓思之切，才会浮现眼前那些迷之灵动的关于你的幻影。

对你的喜欢，满满地爬在我的日记本上。也不知道，如若你偷偷看过这些与你有关的字句，会作何反应？你会不会也像我一样喜欢上那个近乎完美的女孩，又或许会在心里默默表扬那个细致入微的男孩。

我相信，将所有与你度过的时光都装进日记本的我，终有一天，会将它连同我的心，一起送给你，期待着能给你一个偌大的惊喜。

柒

即便我的世界那全部耀眼的光明都熄灭成了黑夜

你也终究是那颗最亮的北极星

/《卑微的承诺》

不药而愈

我是感情里的疤痕体质，拜天所赐，爱情这一路走来，本就不强健的身躯，早已被种下了道道伤口，也不知什么时候，才能被抚平，光滑地抹去。

遍体鳞伤之际，这些流着脓的伤口，还要在生活的奋进中，淋着雨。

即使偶尔天晴，也会被汗液浸渍得生疼。又有谁会抗拒眼前如画的风景，转而在意我身上伤口的痕迹，投来寒暄，或是关心。

我和她的距离是我见过的这世上最顽固的裂隙，只有屈指可数的几处连接却结合得那样致密，好似谁也不愿将对方放弃。

爱终究没有感动天地，因此，比翼鸟的故事变成了一厢情愿的我那缄默哀愁的嘶鸣，唯独感动了我自己。

但这些伤口的代价仍旧令我放不过自己，仿佛还在嘲笑着那份曾经的单纯。可如今，伤痕累累的身体述说着我那回忆中青涩的心绪，悲情却很动听。

直到有一天，你就那么突然地出现在我身前，白色的连衣裙，让我邂逅了整个春天的暖意。

也许，缘因那个回眸，你知道了我的来意。

你躲闪着我直勾勾的眼神，羞怯地将长发撩到耳后，即便只是一个粉腮侧颜的视角，也会换来我一整天雀跃着的欢喜。

你的出现让我所有的疤痕都不药而愈，你就是我生命的特效药，渗透在我身体里。

我是你车窗外最孤独的风景

列车车窗外的世界，被拉长了距离。慵懒地靠在玻璃窗上，从额头传来的丝丝凉意，就像这个夏天敷在眉间的青柠，给人说不清的安逸。

有时，看风景的心情也像这层名为玻璃的物质一样，泛着无比美好的透明。

眼中的景物都向我扑面袭来，就那么一瞬，像流逝着的色彩，没有具象地划过眼角，又飞驰而过。

就像我们的爱情，可你是那位匆匆而过的旅人。你在列车的车窗旁倚靠，漂亮的长发柔柔逸逸地遮住了眼角，白皙的肌肤将周围的一切色彩都糅合成了衬托你的色调。

我只是你旅途车窗外忽闪而过的风景，也不知道，你的记性会不会也像我一样好？

我在窗外那一抹会心的微笑，能否挣脱这飞驰一瞬的命运，拉长在你眼角。不奢求会化作你不舍的泪光，但我希望你也微微一笑，对我礼貌地示好。

每一眼风景在生命中都是孤独的一瞬，匆匆闪过，尔后，生命中的这一幕就再也无法重现了。

也许在未来的某个日子，脑海中回想起那个记忆的瞬间，清晰的也好，模糊的也罢，都无法再随记忆的回溯而重新来过了。

也许错过的才是最美的，生命有所缺憾本身也是一种完美。就像你虽然不曾为我驻足，但丝毫未曾妨碍我成为你眼中那一抹匆匆流逝的风景。

爱你本是如此，一瞬的美丽也足以让我心醉神迷。

我只是你车窗外最孤独的风景，当你匆匆闪过，我已凋零殆尽。

卑微的承诺

有些事，答应过，就像拿绳线给通往心的动脉扎了一个结。每天随着血液涌动，都会感触清晰，都会被身体的知觉提醒，时刻忆起。

每天，我都向往着能拥有被彼此言语固定下来的承诺。

企盼着的美好，就像此刻虽然沐浴着阴天清冷的雾气，却期待着明天艳阳投射的暖意，都是对与你有关的未来那斑驳的小小希冀，撩拨着我心心念念的憧憬，渴望被唤醒。

还记得吗？我答应带你去海边，在海水冲刷沙丘的潮湿弧线里，画一颗湿漉漉的爱心，然后将穿着白色露背裙的你抱起，轻轻放在爱心的中央，如若能换来你甜蜜的笑容，我便可以用相片记录下这美好时光中爱你的轨迹。

还记得吗？我答应过你等生活全然稳定，我们就一起去一个南方的陌生城市，添置一处并不奢华的住所。我们说好要照料一阳台的花草，当阳光倾泻下至的时候，我希望能让你看到满目的盈盈绿意；你提议要养一只布偶猫，以便成全你做猫奴的心愿，我好想让它每天都能受到你的宠溺，陪你嬉戏，慵懒地盘踞在你腿上调皮。

还记得吗？你问过我，万一你生了一场大病，发生了一次意外，假使你在这个世界精神抑或肉体已不再健全，我是否还会爱你？我轻轻地伏在你耳畔，咧着嘴笑着，俏皮却无比认真地告诉你：我只会心疼，只会因不能替你受苦而内疚，只会埋怨自己没有照顾好你，只会乞求上天能不能对善良的你给予最起码的公平，只会比你流出的泪水更加湍急，只会比你思虑的前路还要深重。因为从那一刻起，我会决定我必须照顾你，我会加倍爱你。

海誓山盟都很美好，如烟幻影。我真的每天都在为那些曾经许下的誓言挥洒生命的养料，好让自己在绘满你颜色的天空里，填满爱你的朝霞和彩云。

如果有一天，我们迷离了眼光，缄默了话语，一只大手和一只小手失去了相挽的气力，我也不会忘记自己曾经许下的承诺。因为在我的世界里，它们从未卑微，一直在撑起我全然的生命。

即便我的世界那全部耀眼的光明都熄灭成了黑夜，你也终究是那颗最亮的北极星。

他的关心

我曾骗自己，在这个世界，我会成为你眼中唯一的那个他。

多年后，我渐渐抛却了天真的固执。在浑浊眼泪的酸涩中，我尝到了心碎的滋味，一种全世界都将我抛弃的知觉。

虽然还牵着你的手，但在你躲闪的眼神中，在你瞳孔描摹出的一寸镜面里，我仿佛看到了另一个他的影子，穿梭其间，不停地闪现。

那是你在默默重温与他度过的时光吗？

如果爱上你是我这辈子最大的幸运，那我恐怕没有理由去放纵你渐行渐远的背影。

每当你看着我，那空洞的眼眸，在经年岁月的轨迹里，藏匿着数不清的故事，我就开始思虑加重，欲语还休。

你依然是永远的女主角，可现在，你的每个故事却与我无关。

不曾想过，原来那个比晚霞更温柔的你，却渐渐对我黯淡了温存。

每当你注视着我的眼睛，想钻进我眼底，却欲言又止的时候，我都会拽回眼神，默默地将双手插回衣兜，转身离去，消失在你落寞的视线里。

我生怕这份感情，轰轰烈烈地来了，却灰溜溜地离我而去。

卑微的感觉就像秋风吹过的草地，还挣扎着一丝绿意，但俨然已被判了死刑。

我这辈子做过的最认真的事，就是爱你。

如果你说，你眼中的他比我好千万倍，我也选择相信你。因为在我眼中无瑕的你，所说的一切我都未曾质疑。

你默默收下了他的所有关心，却对我所给予的一切毫不在意。

但我还是希望能亲口告诉你，爱你这件事，我永远都想再争那个第一。

思念，
千里之外

晚上睡得早，忘关窗，纵然夏日，凌晨的风还是透着些清寒，执拗地把我从梦中唤醒，便再无睡意。

凌晨四点的夜空，朦朦胧胧的，四周缄默，除了风卷窗帘的沙沙声，这个世界就再也没有什么能鼓动耳膜的声音了。

开了灯是刺眼的明晃晃的白，让孤独的影子再也无处遁形。

而当把屋内的一切光点都熄灭，瞬间袭来的黑暗便开始肆无忌惮地弥漫在狭小的空间，终于扼住了我的喉咙。

唯一不变的是这空荡荡的房间和空荡荡的世界，已然没有什么触手可及的人或事能再把心填满了，唯有孤独，唯有寂寞。

不知在一千零一十九公里外的你，会否也跟我一样，在凄迷的夜空下，守望着凌晨孤寂的黑暗。

当整个世界都安静下来，我的心也在缓缓沉淀，退却了嘈杂，我选择慢慢地将感性的心绪放逐于胸腔。

每一个人的心里都装着一座荒原，承载着沙丘的弧线。

当所有的希望都变成遥望，才发现，目之所及，才是我能触碰到的世界，那唯一与我有交集的世界。

纵使荒原之外，就是碧海天蓝，便是森林草场，而在我郁结的领域，却只有满眼的荒凉。

就像我和你之间的距离。每次短暂的见面后，我都不得不红着眼，不舍地送你到车站。

看着你远去的背影，不时地回过头来向我挥手，而我知道，我已再一次走进了你留给我的荒原。

你能想象，迷失在没有你的生活里，我那一眼望不到边的孤独吗?

可我并不后悔，你给的爱情就像咖啡，虽然带着丝丝苦涩的味道，却总能被我的味蕾过滤为甘甜。

捌

因为在曾经捱过的无数个夜晚
你是我的世界那夜空中唯一的一颗流星
划出一瞬的光明
/《街灯，影子拉长了寂寞》

空荡荡的心

也不知是从什么时候开始的，我的胸腔时常被一种莫名的心悸所控制。

逐渐地，我能感受到自己的心像被爬山虎般密集滋长的藤蔓所缠绕。

空荡荡的心迷失在空荡荡的空气里，在空荡荡的房间蒸发着空荡荡的人。

当生活无处填塞的时候，我的心悸便发作了。但一切与你有关的故事，就像一味良药，它能治疗一切我所患的，关于你的病——焦虑、绞痛、失眠、幻听……

当然，所有药都是有副作用的，待到下一次心悸发作，便会更加严重，但我却毫不在意。

每当一个人的时候，思念的风铃便会被扣响，我便会加倍想念你。

为此，我尝试着独自旅行，曾想，既然心是空的，那就索性用这世间最美丽的风景来填满。

但这一回我错了，因为除了回应你，我的这颗心已经近乎封闭。

空荡荡的心就像天边断了线的风筝，渐行渐远在浩瀚无边的天际。而我却只能眼巴巴地望着它离去，任由它消失在蔚蓝色天空的最深处。

不知会否有那么一天，它能幸运地被那个长发飘飘的你捡起，将它重新牢牢地拴在线的那一头，至少它还能顺着你指尖指向的方向飞行，不再空无所依。

因为它害怕，也许只是一个转身，你就从梦想，变成了回忆。

街灯，影子拉长了寂寞

在昏黄街灯的照耀下，我一个人拉长了影子的寂寞。

在没有你陪伴的日子里，我经常在校园里漫无目的地漂流。

也不知是从什么时候开始的，昏黄的街灯居然一次次点亮了我在黑夜中的眼光。

四下无人的时候，我时常低下头，凝望着自己的影子出神。也不知此刻是否也有一双眼睛在注视着我，也许从遥远的天边，也许从黑夜中一个不知名的角落，也许就从连亘在脚下的影子所投射出的另一个空间里，都让我静静的心祭起些许好奇。

夜色缥缈，城市的中心像被笼罩着一层似雾非雾的青烟，迷翳目光倒映着的一切都在夜晚霓虹闪烁的装点下幻化成了一汪镜花水月，变得不真实起来。

被唤起的涟漪在心底一圈圈散漫开来，直到撞上心壁，才让我的世界突然像被抽离了空气，寂寞凄清的知觉争先恐后地浸入鼻腔，直顶到我的每一个肺泡，让我的泪腺和心尖顿时生出一阵阵酸楚。

我是个思想极易生病的人，思念成疾的时候，会想你。

因为在曾经挨过的无数个夜晚，你是我的世界那夜空中唯一的一颗流星，划出一瞬的光明。

那道淡淡金色的光芒在凄迷的黑夜，灿若烟花。你坠落在我心房的最深处，仿佛一团炽烈的火苗点亮了幽秘的峡谷，淡出满满一片生机。

曾经的曾经，忆起每天夜晚与你散步的情景，街灯下，你做着俏皮的鬼脸。我们看着脚下的影子，它们连在一起，虽然毫无表情，退却言语，但那是两颗心描摹出的图景，记录着黑夜襁褓中的鲜亮爱情。

可如今，你却走了，淡出了我的世界。

只留我一人在街灯的掩映下，和陪伴着我的影子一起，想你，思念成疾。

我们走过的路早已荒草丛生

在树影婆娑的林间小道，和你漫无目的地旅行。

抬头，看斑驳的阳光，穿透穹顶叶片的间隙，放射在我眼里，金色的光晕，你笑得好开心。

牵着你的手，你掌心的温热比夏日的阳光更暖，看着树冠掩映所形成的四角天空，目之所寄，天边的云卷云舒显得那么安逸。

四下无人，静谧得可以听见自己的心跳，安安稳稳的。

地上那一块块光亮，淡黄色的，像被洒下了一层金灿灿的细沙，闪烁着耀眼的光晕，灿烂着我们眼角的光线。

可如今，这被雨水洗刷后的阴天，天空惨淡的白色和令人窒息的黑灰调，交汇在所有目光的彼端，让我无法挣脱。一个人的脚步，拓出一串孤独伶仃的脚印，而多年前整齐的灰色石板，如今也有了沟壑与裂隙。

但从中窜出的杂草间也倔强地生长着满天星，似曾相识的，泛黄的记忆竟在脑海作祟，在不知不觉中牵动过往，拾零那些让人难以磨灭的心境。

于是我俯下身，轻轻地抚摸着这些荒草的茎叶。风中夹杂着怀念的气息，仿佛有你的味道。进入脑海的不只是回忆，而是与你有关的曾经，那每个精致的标签上还都存留着关于你的印记。

四下寂静，只有夏日聒噪的蝉鸣，却再也不见你的盼兮美目，细碎留影。

会哭的鱼

视频的那一侧，你说，也许明天我就找不到你了。

你的眼睛已然红透了，滋长交缠着血丝，那应该是被眼泪反复浸润的结果。

你说想再多看看我，因为明天你就要抹去我的所有联系方式，消失在我的世界了。

平时总在你耳畔，小声地告诉你，有多喜欢你的我，此刻却缄默了。

看着你又流泪了，没有眨眼，而是不经意间就滑落一滴，直抵我心尖，就像硫酸一样腐蚀开来，让我的胸口痛得生疼。

我对你微笑着，僵硬地保持着这个动作。故作坚强的人是最可恨的，就像此时的我。

将情绪偷偷内化是我长大以后对成长最大的厌弃。

能随时宣泄情绪，道出心迹，能像孩子一样，疼了就哭闹，舍不得就挽留撒娇，是多么令人艳羡的岁月遗珠啊，可都被我散失殆尽了。

于是我终究被时间渐渐抹去了人最原始的本能，我总在伪装情绪，就像沦落成了一条会哭的鱼——我会经常流泪，可惜你一直看不到，因为它们都被稀释在了平缓的水底。

你眼中的我，一直是乖巧的，一直是微笑着的，就好像你的世界卷来的一切风浪在水下的我看来，都风平浪静。

那是我想让你看到的坚强的我，在感情世界里强势的我，一个从来受不得委屈的我，我伪装得那么刻意……

可鱼儿是会干涸而死的，你给予我的水是我在这个世界唯一的呼吸源泉，但却越来越少，仅剩下的这些也被我控制不住的眼泪污染殆尽了。

我的心装不下星辰大海，我的所有愿望都只囿于你所给予的小小鱼缸，在这里画地为牢。

心再也承受不住那一阵阵催人落泪的酸楚了，我将视频切了出去，不愿让你看见我最柔弱的模样。

说到底，我只是一条会哭的鱼。

对自己说谎

总在骗自己，也许明天就能孑然一身，独得安逸。

当真正说出“对不起”三个字的时候，也不知内心是如释重负，还是惶恐到没有丝毫力气。

也许明天就是我们感情的十字路口，也不知道，你还会不会从背后抱着我，双臂交缠，越来越紧，让我不能再背对着你向前一步，让我的心，也寸步难行。

还记得我们曾经打过整整一夜电话，你问我万一哪天你出车祸瘫痪了，我会怎么办。我说我会照顾你，毕竟守护你是我在这世上唯一的期许。

你问我，如果你患了绝症，会死掉的那种，我会怎么办。我说我会陪着你，然后也跟随你一起离去。

那时候的我，好喜欢你，凭着青涩的言语，带着稚气，在你耳畔，喂着情话，都是真心实意。

每天，我都挂念着你。每到深夜，在水龙头上捧起冰凉的清水洗一把脸，听着凌晨的钟表那滴滴答答的咆哮，接着便是辗转反侧，夜不能寐，只因为那颗念你的心。

那时候的我，着了迷，甚至想在刚好的时间节点，你能正巧生一场小病，好让我能在你身边，在病房里，照顾你，宣泄我所有的体贴和关心，只为你，倾泻那快要溢出的心急。

曾经的我，如果能被你需要，那一定会令我开心到雀跃。必定会是双手十指交叉，从缝隙中去窥探刺入角膜的阳光，像是被爱神选中般炽烈的感觉。

而一切的一切都终结的时候，我其实是无比心痛的，有种心水枯竭的乏力感。

你可曾想到，多少个凌晨到来的时候，我都在不停地用自来水稀释自己的眼泪。

而迎接黎明的，依旧是红肿的双眼，和盛着空荡荡心的空荡荡的房间。

对于自己深深爱着的人，放弃就像给心上了无尽的枷锁，也许会背负一辈子的阴影。

我是个恋旧的人，是个容易获得习惯的人，也是个仅仅爱你的人。

而最后，我要为你成为一个无时无刻都宽宥包容的人。

明天，在你转身之前，那个妥协的人，会是我。

因为我不想失去我的全世界，不想再放逐我的爱情。

玖

丢了你的我

还在人海中找寻

找寻自己早已迷失在你影子里的那颗空洞的心

/《找寻你的模样》

漂流瓶的漂流

如若上天毫不吝啬地再将缘分赐给我们，那大抵就只能在漂流瓶与你再续缘了吧。

如果非要让我诠释我对你那日月可鉴的喜欢，我希望，是将自己刻在你生命的每一寸。

过往的那么多故事仿佛述说着我数不清的坚持，我是那么固执，但终究抵不过你转身的明示。

我还在一个人的旅途中前行，但我的双腿却仿佛被束缚着。

明明眼映你就在不远处，那身着碎花长裙的背影，被风撩动着飞舞个不停，可我却怎么也追不上你。这也让我无比沮丧，期盼着，忽然有一天，唯有你能给予我的，心晴的转机。

明明心动，在感情路上狂奔的我，即使经历再多风雨，也会选择任其浸破莹润的肌肤，只为能追逐你，苦苦寻觅。因为在我的眉宇间，始终流连着你，那么穿行人海之中，又还会有什么畏惧?

还有太多计划未能与你共同完成，生怕忘记，所以我便固执地在漂亮的日记本上一一誊写手记，颜色是你最喜欢的天蓝色。

如若有一天，能再寄一封信给你，我希望用天蓝色的信笺，装载我饱含歉疚的一封情书，描摹出我想说的那句“对不起”。

虽然是你离开的我，但我也认为这是自己冥冥中犯下的错，如此致命。

时至今日，我每天都还会扔出一个漂流瓶，幻想着今天若与你度过会是怎样的心情，关心你那里的天气是晴是雨，担心你在新的环境能否照顾好自己。

自作多情的我，还在心中描摹着那个最完美的你。

谢谢你在我生命里留下的痕迹，清晰到足以让我用一辈子的时间去惦念，去排遣关于你的心绪。

时间是一剂毒药

爱你，是我生活中最平常的小事，同时也是我这辈子天大的事。

曾想，人这一辈子如此绵长，要经历百年时光，如果按一年三百六十五天计算，那将是三万六千五百天需要度过，于是感叹地久天长。

自从遇见了你，我的生命就像被牵拉着一样。与你在一起的每一秒，我都希望它能慢下脚步，停滞那一瞬的美好。

你离开以后，看不见你的每一天，仿佛天气也失去了晴好的转向，仿佛心底再也照不进无法投射你影子的阳光。

时间是一剂毒药，它雕刻着我们生命的刻度，你与我都深陷其中，无从挣脱。

我们幸运地被命运所关联，却不幸地被时间所分隔。

时间这剂毒药好痛，但它并不致命，它保护着我的心在痊愈过程中逐渐瓦解着的有关于你的影像，才使得忘却成了逆风而进的船——永远无法企及那轮耀眼的海上明月，更无法窒息那星星点点的银河光亮。

就连在梦境里，它都不遗余力地移植着你与我的曾经，助长着我的幻想，却无视我叹息间的失望。

就算你已然无声无息地消失在了我们遇见的原点，可我还是想恳求你，请别再躲藏在这个世界某个不知名的角落了，求你别再纠结过往，早点回到我身边吧。

思念好痛，时间的毒药早已让我面目全非，早已在我身体的每一寸肌肤，种下了创伤。

遍体鳞伤的我独自一人承受着时间这剂毒药带来的痛不欲生的体验，尽管我的表情镇定，故作云淡风轻，但只有上天知道，这样倔强的我在年岁更替间坚持着怎样不堪一击的逞强。

你与我一起走过的日子是那样美好。彼时，山盟海誓后的相拥，却让我们一同酿造了这时间的毒药。

等待是对相守的笃定，如果真的不愿忘记，那就请为我种下这时间深深的毒。

你不知道的

你不知道的，一个人的游乐场，旋转木马孤独盘旋的凄凉；你不知道的，一个人的烧烤摊，独饮清酒的惆怅；你也不会知道的，一个人在电影院，看人间悲喜交加却黯然神伤的迷惘。

如果有人陪着你，一起散漫在街道，享受斑驳的阳光；如果有人陪着你，去海角天涯，拼命找寻最柔软的沙滩和汪洋；如果也有人在你身后，给你一个安稳的怀抱，你是否也会回眸相望，回应一抹羞怯的微笑，然后让他住进你心里，不再离去，一直到老？

如果让我重新来过，我宁愿做那片开满曼珠沙华的田野，等待着你的降临，惦念着那恋在心底的美好；如果让我重新来过，我想成为海边那方细腻的沙滩，让你赤足蹁跹起舞的时候脚落何处都不会被硌得生疼；如果让我重新来过，那晚我应该耐着性子，仔细聆听你唇齿间滑出的所有字句，然后默默地送上一个妥协的拥抱。

数年之后，我们天各一方，每天，我都会在海边独自流浪。

捧起脚下的沙，扬一把，祭奠曾经有你陪伴的时光。看着潮汐冲刷着我那一串伶仃的脚印，渐渐模糊了我们走过的痕迹，才发觉在我脑海里，已经分不清那是你，还是一抹笼罩在心底的温暖云翳。

关于你，永远都只是心底的些许光影，那么真实，却没有触碰的契机，最后竟落得对你复忆成瘾。

你不知道的事情，正如我没有参透的爱情。

想念风过留痕

还记得吗？

你说，如果有你口中笃定的那个将来，你会成为，我想让你成为的那个心中的你。

可后来呢？

承诺还在，你和我却天各一方了。于是，你成了一个留存在我记忆中的名字。

你杳无音讯，我拨开氤氲的雾气，声嘶力竭地哭喊着，可再也没有收到你的任何回应。

还记得吗？

那晚，我哭得很伤心，手抖着打出的字句，在言语间哀求着你，想让你多停留一个夏季。

尔后，故事有了一个令人唏嘘的结局，我注定成为不了你的王子，你也毫无意外地成了别人的公主，这并非我愿，又何必惋惜？

我是个念旧的人，在经年的岁月里，我只对那个曾经的你倾心。

那个在教室回廊瞥见的清纯的你，那个扎着辫子在阳光下安静呼吸的你，那个单眼皮拥有迷醉笑意的你，都成了我心底刻画着的精灵。

如果有一天，还能在街上遇见你，我定会走上前去，微笑着，向你述说我们从前的故事。

毕竟喜欢过的人都曾点亮过彼此的生命，哪怕只有一瞬的光景，也让人弥足珍惜。

就请别忘了吧，想念的风吹拂过的心里，必定留下过痕迹，即使清浅，终有一天，也会被发觉。

我将它们都埋藏在了心底一个精致的角落，还取了个好听的名字：关于你的回忆。

找寻你的模样

方桌尾角的阳光缱绻着，透着淡淡的暖色调。

好想我的眼眸能变成三棱镜，在视网膜的尾端将经纬交织的柔光散射成七色的逸虹彩墨，弥漫缠绵开来，营养每一寸神经的髓鞘，好在茫茫人海中，找寻你的模样。

人是与生俱来的感性动物，在生命的每个阶段，都会有触动我们心灵的人存在。

曾以为眼光里倒映着的世界是一成不变的，但上天于冥冥中告诉我，在生命长河的漂泊中，定会遇见一个特别的人，能让我的世界那晨曦和傍晚都灿烂，让潮起和潮落都更改。

也许真的会有那么一个人的出现，每天亲历的一切事物，都会被心思细密、如履薄冰的她赋予一个崭新的美好含义。

直到遇见那个让我心动的你，在我心里，竟迸发出了隐隐约约的占有欲。

那种心被掏空，每天却很满足的感觉，会让我无时无刻都沉浸在与你步调一致的情绪里，迷失着自己。

自从我的世界接纳了你，又眼睁睁地看着你离去，与我的世界断绝了所有联系，我每天都在找寻一个像你一样的女孩，却总在你的阴影里失望徘徊。

与你分别以后，你就成了我的影子，隐隐约约的。

我的生活贯穿着有你的时光里所养成的习惯，无从湮灭，牢固地雕刻在了我举手投足的瞬间。

还记得那个为了替我省几十块钱多走了一公里路的女孩；那个被请一顿饭必须回请否则不来赴约的女孩；那个前半个月我花光了所有生活费，她将自己的生活费偷偷塞进我口袋的女孩。

那个单纯到一眼可以望穿的女孩，她对我的好，就像空气，如影随形，每天都允许我贪婪地吮吸。

可如今，丢了你的我，还在人海中找寻，找寻自己早已迷失在你影子里的那颗空洞的心。

拾

悲伤漫溯的时候

总有一条遍体鳞伤的鱼

逆流而上

划出两线浅浅的水纹

倔强着想栖息在你心里

/《我想要的只是一刹的光阴》

也不知什么时候，我才能学会遗忘

也不知什么时候，我才能学会遗忘。当眼角凝注的泪水融成细涓，在脸庞溢流，那一定是念你的情绪又像荒草一样在心里疯长成簇了。

手机里还存着你的相片，不敢翻出，因为每一秒的凝望都会让本未痊愈的伤口继续滋长。

忘不了你潋滟的眼波，夹杂着时间最温柔的讯号，在我心尖点染成晕。

忘不了你对我倾吐过的言语，你的每一个表情，每一抹语调，都像藤蔓一般缠绕着我的心。虽然这些迁延在时光中的情话早已枝枯叶萎，但不知是我舍不得，还是它们在枯萎前的最后一刻选择了孤注一掷，终究让它们成了慌乱在我心尖的犹疑。也或许只是我那颗渺小卑微的心，无法接受你的离去吧。

还记得，你羞涩地将微微上扬的嘴角藏进长发；还记得，你紧紧靠在我身侧疏密不一的鼻息。

活在回忆里的人同样会有满满的幸福感，这便是上天给予生命存留过的证据，生活不仅需要礼物的惊喜，还需要被精心装裱在心底那精致角落的斑驳回忆时刻抚摸着的心绪。

每一个出现在生命里的人都值得感激，而像你这么特别的人，值得我用全然的生命去报偿。一张宣纸没有墨迹，它永远不是一件艺术品，纵使描绘的是悲剧，也是作者可歌可泣的倾心。

能沐浴生命中邂逅的每一颗星辰所投射的耀眼星光，我万分感激。

而你已然变成了我的世界那浩瀚天幕里永不熄灭的星星，成了我漫长生命中的一个路标，一次信仰，这便足够了。因为在我心里，只此一次便意蕴着恒久的中意。

假使一辈子都学不会忘记，我也不会心存丝毫遗憾的心绪。对于你，我总在贪婪地收集着回忆。

忘记是多么简单，简单到要放弃自己炙热过的一整颗心。

我曾以为

我曾以为，即使你的眼角蓄满泪水，我也能微笑面对。

我曾以为，即使你在转身的那一瞬间回首，我也依旧能心无波澜，瞳孔倒映着风轻云淡。

我曾深深地以为，在你离开以后，我依然能用彩虹般鲜润的心情，去明媚每一个雨天的阴翳。

你又怎会知道，那个曾经喜欢过你的男孩，他后来的故事，演得有多么逞强。

不曾想过，一个人泡好清茶，却只能自斟自饮。

茶香是那么浓郁，端至面前，蒸腾的水汽是多么温热，却还是掩饰不了失落。

我对你的喜欢，怎敌得过岁月枯荣。

如若可以，也是我深深的乞求，是我一厢情愿的守候。我努力在与你若即若离的关系中，寻找哪怕一秒的平衡。

于是，数不清有多少冰冷的泪水曾划过我的面庞。也许，你并不会知道后来的我过得有多么狼狈，形容憔悴。

因为你放弃了我，将我逐出了你的世界。

可我的世界那每一寸生机，都还与你有关；每一缕阳光的迸发，都还散发着你的温度；每一郁花香的飘散，都还氤氲着你的味道；每一声风的嘶唳，都还奏响着失去你的悲鸣。

无论脚下的路有多么泥泞，我都未曾向你倾诉，仅凭着一张笑脸，游离在你的世界旁，独自徘徊。

你知道吗？你走的那一天，我未来的人生路仿佛戛然而止了。

分别并非毫无预兆，那些曾经被你容忍的我所犯下的错，那在你眼底逐渐黯淡的光，恰恰都是我曾用双眼确认过的你的预谋。

身体的每一个细胞都还在不安分地呼唤着你，而我知道，一旦一棵小草在心里枯萎了，那它在你世界的使命就已经结束了。

你曾读懂过的，那个瞳孔盛满了你倒影的我，有多喜欢你。你曾是我世界的全部希望，放着光。

彼此凝望过就好，拥有过一个点缀在生命里，留下了弥足珍贵足迹的你就好。

曾经喜欢过你，是我这辈子最大的骄傲。

我要的只是一刹的光阴

早上下雨的时候，我想起了你，这雨便变成了洗涮心壁的泪水。

你能感觉到吗？我眼底倒映着有你的天空，泛着金色的光晕，每一朵白云流连着的，都是刻在时光轨迹里的，与你有关的图景。

平行线的轨迹瞠目相望，但你知道圆规吗？无论我朝向何方，去往何处，命运的杠杆都会指引着我们，让彼此的生命轨迹弥合，重深。

天冷了，窗户上结下了一层厚厚的雾气，我写下你的名字，无论何时我用体温为呼出的气流加热，都能再看到那字迹娟秀出的你面庞的笑靥。

如果你是一只猫，我就抱你在怀里，让你静静轻躺，抚摸你的脊背，给予你比那冬日阳光更柔和的暖意。

买来一株含羞草，放在书桌上，触碰的知觉间，它会闭合自己的身体，听说这就是让自己免受伤害最好的防御。如果你也对我效法，我是否还能在你的眼光里游走，去找寻一个触碰你心灵的契机？

我在这世间用所有修行筑起的心之堤，都不能阻却对你心水的决堤。悲伤漫溯的时候，总有一条遍体鳞伤的鱼，逆流而上，划出两线浅浅的水纹，倔强着想栖息在你心里。

生命长河的每一滴水都有特别的意义，我要的只是一刹的光阴，与你的，我便弥足珍惜。

反方向的钟

有人说，这世间最美丽的是错过。

也许错过本身并不美丽，但它确实留下了超脱伤痕的刻骨铭心。

因为你和我在这个世界活生生地存在着，不仅仅是为了拥抱所有快乐，有时反而会在彼此期盼的交欢中遍体鳞伤，才会明白很多乖巧一辈子也捉摸不透的道理。

但这确实是伤痕给予的，否认只是渡不过的河，而你却知道河对岸等着你的，是花海，而不是沼泽。

也有人感叹，喜欢一个人的知觉或许不是炽烈的渴求，也许只是因驻足欣赏而汇成的凝望——蜻蜓点水式的，无欲无求般的。但眼眸一旦铭刻过，心灵世界就会即刻封闭，再也不会留下其他人步过的痕迹。

我始终相信，即使亲力亲为地行动也不一定能换来你的注意、你的关切、你的感动，但终究会让我在心里感觉离你更近一点，让我在脑海中把你埋藏得更真切一些。

你终究不是山间的晴雨天，变化多端，莫测突然；你也不似繁花，朝我微笑绽放的时候，会缄默言语，除却思虑。

你在我心里是一道晴日的彩虹——永远不会淡却的；那温婉的柔光会被时间的刻度拉长，直到生命尽头的；每天都能仰望，将所有美好的思绪都寄托于七色遐想的。

你不是雨天阴郁后的安慰，而是艳阳天心情爽朗的点缀。

我真希望时间能化作一台反方向的钟，好让我一直沉湎于你的光晕之下，为你不停地编织彩虹色的梦。

被骗的感觉，真好

不是所有的承诺都会兑现，至少对于从你口中说出的每一句话，我都毫不怀疑地选择相信，让它们住在我心里每个精致的角落，化身为支撑生活的信条。

喜欢听你说话，听你温柔的声音。喜欢你在白天冲我呼喊，夜晚在我耳畔细语。

唇齿生在你的面庞是那样令人着迷，我止不住地神魂颠倒。从你口中滑落的一字一句都让我感到有如被抚摸般美妙，柔软在我心底，让我想象着你所描绘的，我们以后的生活图景，你知道我有多期待吗？

你说我们会有属于自己的大房子，阳台会有宽敞的落地窗和嫩绿的盆景；你说结婚的时候我们要去海边旅行，你要我对着湛蓝的天与海誓言娶你；你说我们会有两个可爱的孩子，一男一女……

也许，它们都将不会实现，随风飘散了。但它们都曾在我心里炽烈过，温暖过我的每一寸肉体。

曾经，我那每天说着情话孜孜以求的情绪，你了解过吗?

可如今，它们依旧是我未完成的患得患失的梦，可我却成了你生命里可有可无的人。

如果这都是生活的骗，是不是因为那千山万水的阻隔，才让雾霭云岚遮蔽了彼此的双眼，才将我们分离，才令我们分别。

可那不是谎言，梦还依稀完好，你还依旧完整，生活仍旧继续。而曾经的承诺却再也不会实现了，因为它们还只是梦，在脑海里，我依然能够感受到它们的温度，也就足够了。

有些未完成的梦依旧潋滟在心底，这感觉真好。

拾壹

从前

你是一盏我想用一生去炙热的烛火

而如今

你将成为一个我一辈子都憾然难解的谜

/《灰色》

眼中的阴翳

我的双眼不曾阴翳，可为何脚下的路和眼前的世界依旧遮弥不清？

梦开始的地方，记忆的结点，思念碎了一地。再次捡起时，捧在手心，才发现，再也粘不成原来的模样了。

于是，你成了我心壁上一块醒目的疤，愈合不了，搅动着一汪浅浅流连的美好。

那些铭刻为美好的往昔片段，不仅牵扯着我眸眼断肠、意念思迁的心绪，也在不断提醒着我，要正视木已成舟、你已离去的无奈证据。

不是相遇就可以相许，不是相知就可以倾情。

安好在岁月的风尘里，人生不易，目之所栖，情之所寄。

不相忘曾经，不恋着以后；不在意过往，不寻觅明朝。当我再抬起头时，却只能目送你碾过的岁月凹痕，也让我开始正视并珍惜仅有的与你的回忆。

当一切都缄默的时候，谁还记得那个从天香国走来，螓首蛾眉、如花美眷的倩影？

我们注定会在明朝相忘，陌路上的你，就连脚步声也依旧那样动听。

你终究走远了，清瘦的背影变成了我的世界一个小小的黑洞，将我无尽的思念，都带走了。

自从你走后，一切的一切都在我心里结束了，我的世界变成了透明的黑白格。

我再也没有见过金灿灿的阳光，再也没有目睹过七色的彩虹，再也没有在人海中捕获过一个有色温的陌生人……

你走后，被留下的只有那个孤身褴褛者的泪水，在滂沱。

你走了，冬也来了

这冬雨一连下了五天，也不知明天，它会不会就敛去伤悲，不再抛洒清泪，拨开天空中阴霾的云翳，好让我能从对你无法自拔的关心中解脱出来。

你走了，却不似这季节更替一样无声无息，竟比那夏季的倾盆大雨更令人措手不及。

于是，乌云不曾被驱散的下雨天，我会好想你。想知道雨天出门是否有人为你撑伞；想了解这冬季的清晨是否有人提醒你添衣；想知道你身边簇拥着的那个他，是否比我对你更好，能照顾你，让着你，不像我那般欺负你，让你生气，令你伤心。

一个人步过寂静的山间小道，萧瑟的风让树林迷了眼。沙沙作响间，莹黄的叶片像垂流而下的一串串眼泪，被风带走，从此便没有再回头的可能，分别终究成了永恒的啜泣。

树叶该是舍不得树的吧，不然为何还在风中缱绻，有一种别离凄美的仪式感。

想念如果可以累积，是不是就会像这冬天的枯叶一般，一层层堆叠，去渲染一种寂寞的氛围，和着清冷的韵脚，去描摹早已坐以待毙的心绪的凋残。

你走了，冬也来了。

你可以带走我眼前那个有体温的、活生生的你，但你却无法阻止我对你在冬这般萧瑟的季节如枯草般疯长的想念。

四季的生机就蕴藏在我们的爱情里，你在我心底种下过春的暖意和夏的繁盛。当你毅然决然地消失在我的世界，它们并没有消失殆尽，而是被修葺成了我心底那一座座精美绝伦的遗迹，每每念起，怀念便倒带不停。

触景生情的人都是幸福的，无论生出的是惦念、想念还是怀念，都会让心免于在这个枯寒的季节干涸，都会顺从眉角潋滟的眼波去眺望蛰伏，在你名为婉转的风尘中将枯叶化蝶，落在心尖。

那熨出的褶皱不是伤口，而是此刻流连风景时，小心翼翼地整理过的，关于你的心结。

灰色

冬天的阴霾郁结在天空有些日子了，绵延不绝的灰白，连亘在天边最遥远的尽头。

即使面对着那一眼望不到边的空白，我却仍旧止不住地在眺望着什么，是心里愈加挣扎的回忆在作祟吗？

失去你的第一个冬天，严寒渗透进大衣的领口，直勾勾地往心里钻。

也许我已然变成了一个丢了心的人，快要忘却温暖的知觉了，才贪恋着曾经的美好。

忍不住想请寒风带着严酷的凛冽，去点燃心里那最后一丝游离着的、被小心翼翼封存着的记忆的暖。

我的生命已历二十多个年岁，如果人生的记忆是一圈圈的年轮，最宽广疏离的线条所孕育的成长，无疑都掩藏在了与你相遇这几年留存的亲密里。

从前，你是一盏我想用一生去炙热的烛火；而如今，你将成为一个我一辈子都憾然难解的谜。

今年的冬天格外冷吗？为什么曾经你说过的话浮现眼前的时候，我会感到那么暖心。

冬天，是一个失去你的季节。

后来的每一个冬日，我都躺在阴天的水池里，四周一片空白，而我也成了这灰色的一部分，泯灭了生活的全部色彩。

不是因为这个世界不再精彩，只是因为我的世界在丢了你以后，已经瓦解殆尽了。

也许你失去的只是一个你曾经爱过的人，但你却硬生生地带走了我的全世界。

从此，我支离破碎的天空只剩下这冬日残存的灰色。

我已经快忘了你，你还好吗？

有些事，明明已经忘却了，明明已经模糊了，明明已经不再牵绊心绪了……

也许，我已经在不经意间模糊了你的长相，你是长发还是短发？眼睛大还是小？鼻尖是否高挑？嘴唇是否轻薄？

一切的一切，原来真的能被时间遣散，能在脑海中淡忘。

就像落了一地的花，想再拾起，却发现，终究只是美好将散。

对感情的倔强挽留，却不得不点缀着有心无力的叹息，进而只得在时过境迁的惆怅中感叹镜花水月的脩长，最终完结于无可奈何的放手。

你在我心里，明明就那么耀眼地璀璨过，于是我成了那个星河下仰望不辍的旅人。

从未想过会失去你的我，在你走后，顿时觉得连呼吸都变得困难了。我焦急着，慌忙着，你知道那种烈日下，荒草中，远足的人儿对水的渴望吗？

可如今呢？你已被我尘封进了心里某个不知名的角落，已经在时间轻轻浅浅的流淌中被遗忘了，甚至快被湮灭了。

而我正顺着零散的记忆回溯，去找寻那一点一滴与你有关的岁月痕迹。

我问过昔日的友人，她们说你结婚了，过得很幸福。

那恐怕连再寒暄的机会也没有了，但作为彼此心惜过的人，还是想向你送上祝福，向天发出的，在心里邮寄的。

能不能让我的祝愿，乘着云的信笺，化作你的一日天晴，一日就好。

我已经快忘了你，你真的还好吗？

爱，
也曾回头

这封信写给你，即使你再也不会看到：

花开花谢，叶茂叶凋，终究还是会在静静的心水间荡起涟漪，时间的荼毒也没能纷扰在我眉间，留下愁云。

但岁月驻角里烙下的那个背影却不曾式微，居然还留有余热，就像那时候，你问我的，“如果我们分手了，你还会念着我吗？”

我没有回答，然后你却说已经猜到了答案。

我感受到了屏幕那头你的颤抖，也许你强忍着难过，其实我也在哽咽，我本没有你想的那么坚强。

我说过的，笑不代表快乐，也许那才是由内而外的悲伤。

时间是抹不掉回忆的，我感谢人的这项功能，因为对于一个念旧的人，忘不掉过去并不是一味毒药，而是一株柠檬草，苦涩中溢着甘甜。

“如果我们分手了，你还会念着我吗？”至少现在的我有了答案，时间帮我拂去了心头芜杂的荒草，让我看真切了本就清晰的一切。

你说你不相信童话，但我说过我相信。童话里主人公的心都是那么清澈，那么鲜亮，王子和公主最终会十指相扣。

我终究不会是你的王子了，我们也没有童话般美好的结局。但爱情最美的在于过程，剧终尔后，还是会感怀在一起的点点滴滴，那都是记忆中珍贵的片段。我将它们珍藏在心底，没有不安与歉疚，那都是名为最美的曾经。

还记得吗？那年今天的你，长发飘飘的你，穿着那件素色的浅黄色体恤，和艳阳的光辉交织，就像环体有一圈光晕，分外美丽。

还记得你从我手中接过那十二朵玫瑰时，略显羞怯的脸庞，韵着浅浅的笑，用手半遮着我镜头下那一汪甜甜的美好。

你说这是你第一次收到玫瑰，你说情愿我心里有你，不苛求这些外在的表象。

没有爱情不需要热情，没有感情缺得了惊喜，看着面庞满溢着幸福的你，和我一起享受着午后阳光与蛋糕的曼妙，至少让我相信，彼此的生命都曾被点亮。

也许不得不用陌生人相称了，我们终究没有弥合，我选择了自由，你选择了放手，不知现在的你是否放下了，其实感情在我们心里是会感同身受的。

谢谢你，陪伴在我人生最好的时光，终于等到你，但我们都选择了放弃。

我念起了你，没有伤口，没有压抑，没有淡淡的愁云，没有令人窒息的空气，还是最美的你。

真想再唱给你那首汪苏泷的《珍贵》，“想送你十二朵玫瑰，代表你是我最珍贵……”只为怀念，只为能听说在人生旅途中飞得更远的你，后来的时光，就让我们为彼此祈福吧。

中卷

念你的诗已二三成行 | 堆叠着心绪

我也曾每天用最温热的手掌，在这世界的每个角落，为你研磨最温柔的细沙，只为在你跑向我的路上，细沙和我都能在你脚底轻柔着，方使你细嫩的脚掌不会被硌得生疼 /《爱你便是漂泊》

壹

你是这世界夜空中最耀眼的星星

因为你那温柔的光

能照亮人的心

我愿做一个数星星的人

每天夜晚在星河编织的天幕里

寻觅你的踪迹

/《你是那颗最耀眼的星星》

桃花庵中桃花仙

谁是桃花庵中的桃花仙
斑驳在回忆里清清浅浅

谁又许我一支桃花簪
诺我来年在飘着桃花瓣的小溪畔静候

于是我痴痴地等
盼着那个粉面桃花的人
路过身后这片桃花林

粉黛桃花的人出现在桃花盛开的角落
举手投足间都韵着几分轻落

我竟分不出

是你生得比这桃花更娇灼

还是桃花在你身旁就黯淡了光泽

你是否就是我望眼欲穿的桃花仙

凝眸玉脂娇嫩了容颜

你抬起了绣着桃花的长衫

丝质的轻柔

滑腻的触觉

直到你轻盈漫步

向我身侧缓缓走来

粉腮羞涩地用玉手掩着眼角的错落

我才从你的闭月羞花中挣脱

回过神

为你戴上那支久违年岁的桃花簪

这些年那个关于桃花的清梦散了

还记得在梦里

每当蝶舞飞花之际

我会为你撑起偌大的桃花伞

赠你一世不腐的桃花扇

你是那颗最耀眼的星星

你是这世界夜空中最耀眼的星星
因为你那温柔的光
能照亮人的心

我愿做一个数星星的人
每天夜晚在星河编织的天幕里
寻觅你的踪迹

一颗颗星辰就像一只只潋滟着光的眼睛
在遥远的星河回望着我
就像对你倾心的我
总躲躲闪闪在某个你会经过的角落

如果你是一颗划过夜空的流星
你是否会为仰视着你的我
偷偷地眨一下眼睛
你是否会为那个期待着你的我
改变原本的飞越轨迹
好让我在你坠落的地点
迎接你点亮我的生命

如果你是一颗孤独在宇宙的行星
请不要拒绝我在你身旁默默积聚
我只想化作一圈圈美丽的光环
点缀在你身侧
陪伴着你
和这蔓延着黑暗的时空一起
淡去你眼角那一丝丝孤单的痕迹

如果你是一颗耀眼在众星中的恒星
我愿在你璀璨光芒的笼罩下蛰伏
只为亿万年后
当你变成红巨星吞没我的时候
能感受到我那颗对你一直不变的初心

不知当我在你身体里燃烧殆尽的时候

你会不会也在冥冥中为我洒下几滴清泪

倘若如此

我这全然的生命

我那亿万年的等待

值得，足矣

天也有翼

我知道
天上有一双翅膀
插上它
便可以朝着你驻留的远方飞翔

我知道
它就藏在云朵的后面
和阳光一样耀眼夺目
和云朵一样洁白无瑕

我跳起伸出指尖的最高点
也不过一丈
可那双翅膀那么遥不可及
让我只能凝眸神往

于是我不远万里

找寻一处悬崖

希望俯瞰云海

然后重重地将自己抛下

为了你

我轻轻闭上双眼

朝着云朵铺设的温床下落

为了能寻得那双翅膀

我逼迫自己学会了飞翔

曾经许下的承诺依稀缭绕在心尖

只为与你一起在这世界流浪

看遍花开花谢

去最遥远的地方

乘着轻柔的风

愿以天为翼

俯瞰有你的四季

笃定来日方长

总会在生命里

邂逅一个盛着七彩长虹的天晴

你予的喧嚣

曾经的世界没有丝毫纷扰

我饮着宁静

每天期盼着晨光

静待着黄昏

一个人仰面迎接春雨下至

一个人遮眉遥望夏树婆娑

一个人摇椅感慨秋意情浓

一个人在寒冬风雪的咆哮中悄悄掩藏

一个人的眼光

就已足够能将偌大的世界都放逐于脑海

落得一身轻松

宁静填满了整个时空

那是一种油然而生出的心的自由

这个世界无往不在冥冥中遇见
也许这就是整个世界最原本的规则
遇见新的事物
遇见新的风景
见过新的人

拒绝了大多数心墙之外的人
不由自主地放进心里三三两两最特别的存在
心便会宛若初春最饱满的花朵
等待着纤巧的手来摘采

当一个人的落寞散去
你予的喧嚣便总滞留在眼前
它无处藏匿地郁结在心中
不再宁静的心也开始期待能邂逅一抹温婉的晨曦
是散漫在你发梢上的
汇聚于你眼光里的

从此
我也会变成了一个温暖的人
不逊于你沐浴过的任何一米阳光

心灵的陷阱

总在怀疑

在我心灵深处有没有你铺设的一处陷阱

那是一处繁花为底的穴

我注定会为那个心都为之颤动的人

直勾勾地掉落进这深渊

总在幻想

在穴底有没有一个素衣粉面的女子

如你一般纯净如水

让我即使粉身碎骨亦欣然归往

因为她能让两个孤独但相念的世界破镜重圆

年少时还惊异辗转于飞蛾扑火的故事

而今方知只是没有遇到一个为之殒命的人
当生命不再迟疑，不再徒添思索
纵身跳入你设下的陷阱
脑海中浮现的也会是嗖嗖冷风中你朝我送上的温暖怀抱

不知这样的降临你会否满意
不过我便全然遂心
当那个患得患失的梦就出现在眼前
又有谁会拒绝
哪怕熄灭身体里那最后几束火星

贰

蓝天不会和任何一缕白云诀别

大海不会让任何一滴海水淡却

我的世界也不会遗漏你的每一抹微笑

比在我嘴角融化过的任何一团棉花糖都甜

/《浅尝辄止》

爱你便是漂泊

我本是这天地间的风浪

在绵延不绝的海岸线漂泊

阳光是我最璀璨的聚光灯

那闪耀着的蓝色之光

你看清楚了吗?

我日夜拍打着礁石

叩响着惊天动地的跫音

从时间的源头一直到尽头都不曾停歇

你被我日日夜夜的守候感动过吗?

我也曾每天用最温热的手掌

在这世界的每个角落

为你研磨最温柔的细沙
只为在你跑向我的路上
细沙和我都能在你脚底轻柔着
方使你细嫩的脚掌不会被硌得生疼
我缜密的心思你在意过吗?

我也曾迷失在茫茫大海
我也曾在天与海的厮磨中苦苦挣扎
因为时时刻刻想念着你的缘故
身形便也如同这水流
尽力凝聚成你最喜欢的模样

我也期待着那个曾在梦里邂逅过的晌午
在那彩虹降临的峡湾
只有柔柔的海风
只有如浅浅海水般清纯的你
只有如透亮海冰般明净的心

当我充盈在你身侧的时候
你是否也会静静地依偎在我怀里
不是短暂的逗留
而是终其一生的守候

我会带你一起朝向世界的尽头多情地漂流

带你去看那些我曾经路过却无心眷恋的风景

携你闯入那些美到窒息但杳无人迹的镜花水月之境

向你津津乐道我一生漂泊的轨迹

当我战战兢兢地对视着你温柔的目光

我看见了比大海更温润柔和的细流

在你眼底缱绻打转

直到流进我心里

栓塞成这个世界唯一爱你的心结

从此在这个世界便少了一场漂泊的风浪

但多了一股被阳光温热过的暖流

缓缓流淌

蔓延在这世界的每个角落

你，

甜到让我眼眶泛红

一朵花，每天赏一遍
我相信也会在脑海描摹出不同的画面
我相信也会在花枝堆叠中臆想出不曾相识的欢颜

一壶酒，每天品一盅
我相信也会在味蕾留贮不同的韵味
我相信也会在觥筹交错间于眉梢消解蓄日已久的恩仇

一缕阳光，每秒都在试探着前进一点
我相信也会让这世间黯淡的角落填塞几分希望
我相信终有一天也会爬进我心房那扇孤单的窗

更何况是住在我心尖的你
就像一张温柔的网
日夜无休地过滤着我全身的血液
让它们清澈
让它们都或多或少地沾染上你的味道

如果这个世界没有白白流去的时光
每一分每一秒都作数
那你将会是今生上天赐予我的最丰厚的礼物
值得我用这一辈子去编织一个只有你的梦
甜到让我眼眶泛红

悲伤，
化了妆

你总说我的眼神里藏着闪躲
就像随波逐流的浮萍
荡漾无依，居无定所

你总说我的手心时温时寒
就像捧起冬天飘飞的雪花
肌肤冰冷，心却温暖

你总说看惯了我娴熟的伪装
就像怀揣着一个不具名的谎言
笑靥如花，却真假难辨

在每一个想你的日子里
我的悲伤都在难捱的时光蹉跎中
悄悄地化了妆

我在慢慢变好
在每一个阳光明媚的日子里
在每一分每一秒的时光流逝中
我都会在脑海里反复练习与你照面时的情景
只希望能向你喜欢的模样靠近

我努力成为一个更好的人
只为衬托出我用整颗心来喜欢的你
在我没有成为攀援的凌霄花之前
请不要借给我你的高枝

因为我的悲伤会化妆
再怎么精致也只是故作坚强
透着遮蔽不尽的那爱你的迷惘

我还在等待

你回来了吗?

你房门前留下的脚印清晰地印下

灰尘中的无人之岛

仿佛在嘲笑我此刻的放心不下

记得临别时你那微红的眼角

悄悄滑落的每一滴眼泪

都像倾盆大雨敲打着我的心扉

想再抱你一下

你却用力地推开了

何曾想过曾经亲密无间的两颗心

竟也会在缄默中重重地跌落悬崖

粉身碎骨，无一生还

你不喜欢争吵
你不喜欢将心中所有的怨念
都重重地砸向一个心疼你的人

我知道那是失望
我知道亡羊补牢是上天对我最大的奚落

我知道以后再也没有每天清晨温热的甜粥
再也没有每天傍晚你满心期待憧憬见面时的笑容
再也没有我最熟悉的甜甜的酒窝和温暖的语调
珍惜永远都是失期的票根
故而只得无奈地感叹曾经拥有过的美好

当世界渐渐冷却的时候
才发现失去了你的生活
就连每一次呼吸都变得异常沉重
都成为了你离开后想念滋生的叹息

浅尝辄止

蓝天不会和任何一缕白云诀别
大海不会让任何一滴海水淡却
我的世界也不会遗漏你的每一抹微笑
比在我嘴角融化过的任何一团棉花糖都甜

明天总在到来
昨天终究会在岁月的漂泊中凋零，不复存在
见过太多生命戛然而止的故事
才忌惮明天不会如约而至
因此对于今天总忌讳浅尝辄止

而对于令我倾心的你
当你像血液注入我心脏的那一刻

我的生命便被填满了

脑海印出的你的名字

比阳光下荡漾的海水更温柔

生命总在蓄目眺望

为追逐每一个新奇的梦想

我都想带你一起出发，扬帆远航

总渴望一片茂密森林

总幻想一方繁花之境

是与你心归意笃的地方

从此世界便开始无微不至

从此生活便不再浅尝辄止

叁

一个人并不孤独

只有心里藏着一个孤单的你

才让我感到孤独

/《孤独是念起你的名字》

孤独是念起你的名字

一个人并不孤独
只有心里藏着一个孤单的你
才让我感到孤独

总想和你勾勾手达成一个约定
一个你唇齿间透露出的确信
像蒲公英般散漫到这世界的每个角落
播撒出我们将要在一起的讯息

我经常一个人蜷曲在天的这一端
漫无目的地呆呆望向一处
身边没有你
但我却能体味到一种毫无预兆的幸福

因为形单影只的我
心里住着一个形单影只的你
虽然谈不上天造地设
但并不妨碍我在孤独的时候
幻想我们之间各种美好故事的结局
里面的你总是温柔美丽

我试着每天都饮半瓶红酒
然后对着墙上装裱一新的你的相片
痴痴地凝望
生怕打破了这安静的美好

看着你的世界那云淡风轻的样子
我也小心翼翼地掩藏着温热的心思
也许沉默是欲语还休最好的伪装

每当孤独侵袭的时候
我总念起你的名字
顺便在脑海里
一遍又一遍地描摹出你最可爱的模样

纸飞机，
在雨中穿行

当我想念你的时候
时间就走得很慢
慢到百无聊赖地去看秒针的轨迹

每当这时，我都会开始折一架架纸飞机
因为它们带着自然最原始的木浆的味道
给我一种温暖纯粹的知觉

也许是因为它们浑身纯白得空无一物
就像我眼中纯净的你
白茫茫的一片
没有丝毫被玷染的痕迹
才让我心生好感，望眼欲穿

在平日时常被阳光襁褓的阳台上
我用力挥动手中的纸飞机
让它们以天空为目的地
开始自己的旅行

它们就像一片片放归蓝天的云朵
纯白温柔地腾跃到离天空最近的高点
然后小心翼翼地下落

而今天窗外送来的只有雨淋和灰霾
你失约了
但纸飞机不会

纸飞机如若静卧窗台便永远学不会飞行
天空是它的梦境
我只是一个放生的观众，仅此而已

纸飞机的心很切
但窗外的雨更急
有些梦是会粉身碎骨的
也许生命有时候的确拗不过爱的勇气

是有多么舍不得

就像飞鸟也会栖一枝安稳的树梢
锦鲤也会寻一处平静的池塘
你说我便是你的归宿
你寻见了我
便了却了余生所有的意义

看着你缓缓抽动的嘴角
望着你泪光闪烁的瞳孔
都写满了你的诚恳
我懂得你是要将整颗心都交由我保管
让它被科以无期徒刑

于是我抱住了你
我紧紧簇拥着那个蜷缩在我怀里的小小的你
肆意享受着你在我胸口舒缓鼻息时缭绕起的暖意

好想你能成为我的眼睛
也希望能成为我胸腔空缺的那颗心
好让我能看清这世界最迤逦的风景
让我能体味这世间最暖的温度
你终将是我所有快乐的源泉
不可或缺，亦无法代替

那个陪着我长大的女孩
那个陪伴我成熟的你
都让我义无反顾地要将故事的结局写给你

无论如何，都请你相信
一个被我撑起全世界的女孩
一个邀请我做天空的世界
我是多么舍不得你
我有多么受宠若惊

反正，
反正

反正这季节也是反反复复

反正你也不再孤独

那这冬就不再意蕴着别离

而只是盛满了想念的湖

反正关心也只是怜悯的依附

反正我再有多努力

你也不会在乎

那我便只能把你当作感情的桎梏

当作终将幻灭的美好

遇见却殊途

人生那几次心的萌动
我都用单纯作序
希望谱出的旋律能动听，能温柔

但其间夹杂的心碎的声音
我总是小心翼翼地褓藏着
其实我也倔强地不愿认输
其实我也感受过莫名的卑微与无助

反正心心念念也会枯萎到万念俱灰
反正感情里的对错都是卑微在作祟

我希望每晚入睡时不再辗转反侧
也希望脑袋一片空白时
画面不要全部是你
和我那孤零零的喜欢

反正你已然熄灭了心动的感觉
那也请在彼此的最后凝望里
郑重其事地再看我几眼

好想此刻的你
心里有那么一丝异动
也好让我的离开显得虽败犹荣

你哭了

你哭了

我的世界便又下起了雨

咸咸的雨快要将我淹没了

当它没过我的头顶的那一瞬

才发觉我居然还能呼吸

我贪婪地吮吸着这恰到好处的安分

这不是痛苦地憋气

而恰恰在你的眼泪中

我的肺居然获得了自由

你的眼泪已然轻盈地穿梭于我的身体
游离在每一个细胞的间隙
和血液一起奔流不停

我浸润在这蓝宝石色的泪穴里
感受着你的情绪使我交困，把我吞噬，再将我湮灭
却没能令我窒息

你是想让我融入你的情绪里的，对吗?
不然为何用氤氲满泪水的眼睛看着我
仿佛是在等待我做出回应

等你下一次流泪的时候
请你也能告诉我
这样你的眼泪才不会孤独到让人心疼

才能让我抱着你
贴近你那梨花带雨的面庞
让你能感受到我温柔的呼吸
沁润着有你的甜腻

肆

风为你放弃了山谷的幽秘

风为你拒绝了湖光的潋滟

风为你告别了天空的纯清

因为风只想留在你身边

/《当风不再追逐自由》

我只是泡沫

我只是泡沫

一层在阳光下脆弱的泡沫

为你，我每天都变幻着色泽

我所反射出的晶莹剔透的光亮

都会顺从你眺望的眼波

没有丝毫的难以捉摸

因为我透明的心

都向着你的方向

全然敞开了

我身上的每一个气泡
都映着你的面庞
就这样无声无息地着了魔

你笑着的，哭着的面庞
你笃定的，迷惘的模样
都深深地印在了我的脑海里

也许某一天
我就无声无息地幻灭了
如不介意，请记得我
在你生命中闪耀过的辉光

记忆里，
你便是春天

会不会有一天清晨

当我睁开惺忪睡眼

第一缕微风便在耳畔轻诉

告知我回到了那个映着粉红色樱花的春天

你蜷曲成拱的修长双腿

自膝盖以下覆着黑色柔亮的长筒袜

踮起的俏皮脚踝半拖着黑色的漆皮鞋

像极了钢琴优雅的黑白键

我在角落里偷偷窥向端坐在树下的你

樱花的叶片随风而逝

和着你垂顺的长发

像柔滑的丝带缓缓将我包裹

曾经的一见倾心是那么轻快
就顺着眉梢的间隙
偷偷地溜到了你的身畔

喜欢你的时候
你嘴角的每个小动作
都会成为我脑海里永远不老的春天

当风不再追逐自由

每一个荡着风的地方
都可以成为我的归宿
只要你在的地方
都会成为风栖息的渡口

当风撩起你的发梢
你能否感受到我温柔指尖的触碰
当风掀起你的裙摆
你是否知晓我对你那隐匿深藏着的暗恋

当风掠过你每寸肌肤的汗毛
也许风会带来数不尽的香榭
也许风也会吹走你眉角翳着的阴云

但你却给你不了风自由

风为你放弃了山谷的幽秘
风为你拒绝了湖光的潋滟
风为你告别了天空的纯清
因为风只想留在你身边

风看遍了这世间所有迤逦的风景
而你却不再是风的世界里那转瞬即逝的光景
唯独这一次
风竟选择了停留

风一旦停滞便会从这个世界消失得无影无踪
但遇见了你
风顿觉在这个世界漫无目的地奔走已然变得无足轻重
就连生命在你面前竟也开始褪色了

当风不再追逐自由
我竟不知该称之为陨落，还是重生？
我也不知道该送上惋惜，还是祝福？
那种拼了命的喜欢，你懂不懂？

本想成为

你在心里慢慢支离破碎
窈窕于烟波外
却回荡在我心底

本想成为你的瞳孔
沐浴这世间一切美丽的色彩
倒映让心都为之雀跃的风景

本想成为你的双手
抚摸柔情似水
画揉搓于指尖的亲昵

本想变得比这世间的任何一个人都温文尔雅
去试着牵绊你的心绪
哪怕只做你心里一个若即若离的影子
只落得放逐悲伤的叹息

我只是你的世界里那个可有可无的过客
但于我而言
恰逢这世间唯一能让自己心暖心晴的你
那么纵使我受再多的苦便也值得了

喜欢阴天

头顶那一望无际的灰霾
让目之所及的一切看起来都像是旧的
恍若隔世

喜欢褐色的云
凝重的瓦
艳抹的植株

一切都如海市蜃楼般缥缈
搁浅在这梦境
幻化作似曾相识的墨城

喜欢顾盼身侧的寒风冷峻的样子

喜欢沾湿衣襟的雾霭清灵的样子

喜欢你轻握油纸伞

柔发下

眉眼相依的上角度

伍

你说你也想穷极一生

只做一个梦

不想有丝毫波澜

因为怕醒来反而会痛得生疼

/《好想听，你说》

好想听，

你说

Mr.

你说阴天的时候

你心底的阴霾比这墨色的彤云更沉重

你说染点朱唇的时候

你也不懂为何命如纸薄

忘了泪痕

皱褶了夙衷

你说冥冥中

倦怠的眼光

也会缥缈无依

从指间划过

不知该落往何处

你说你也想穷极一生

只做一个梦

不想有丝毫波澜

因为怕醒来反而会痛得生疼

罹患失心疯的独角兽

遇见你在海角搁浅

天之色深嵌在你眉间

长发揉皱如山丘弧线

无力低垂着指尖

浪花飞沫掩面

难道是上天的眷恋

我是那只独角兽温柔向前

交换过的眼神错落在心尖

情笃丝绒漫天

你纯净得像潮汐

来自深海里

我孤独得像云翳
就请住在我心里哪也别再去

独角兽孤囚四季
我不会再忘记
那便祈求你
安坐在我荒芜的背脊

无法安睡抚你双肩
愿做沙鸥守候在海边
让双眸再倒映你一千遍
全都揪紧在我心弦

你的唇色像云翳
映着海心
我心疼已错过你所历岁月的点点滴滴

请别留我在孤单森林里
泪雨化溪
天与海难道没有相交的转机

想带你去孤岛数漫天繁星
想背你到珊瑚海望凄迷之境

盼梦醒能拥有你奔跑不再停

别转身别离去淹没深海里
我难道丢了心忘记了哭泣
失了心的疯在听

独角兽温柔隐逸
也许啜泣
陪伴你的奢侈多么遥不可及

海般永恒的坚定
卑微求你
海若干涸我眼泪会供你呼吸

下卷

情话是多么安稳的字句｜我还在等你

每颗真心的喜欢都是从“着迷”开始的，那种义无反顾的顺从会纾解内心渴望的情绪，凿出一眼名为思念的泉水，汩汩不绝 /《幸福是一条线》

壹

每一个用真心去遇见真心的人儿

都抛却了所有的不怀好意

那是纯净的心性外出寻觅碧海天蓝的轨迹

/《一切缘分都是巧合》

落寞的平行线

在很多恋人的心底，也许都将一段感情里两颗想要相交却没有结果的心的轨迹，描述为两条不可相交的平行线。

两条无限延伸却永远没有相交契机的直线，彼此相望，在时间架构的轨道中，纵然有深情的眼眸，如若没有一条直线肯倔强地弯折，也就不会出现那个让心相交的点。

拥抱幸福，也就变成了一种可望而不可及的奢望。

我们都相信缘分，所以从很多人言语中透露出的看法，都将平行线视为感情里“有缘无分”的代名词。

两个相爱的人在感情的世界里，也许已经将心用一条纤长的粉红色丝带紧紧地缠绕在了一起，但这只是情感上的交欢。

而感情在心的碰撞中，也会被一些不能弥合的情绪，以及现实的种种无奈所纠葛，它们最终成为了挡在两个即将相容世界面前的门。

这时，苦苦相望的平行线之间的距离，也许是异地恋千山万水的阻隔，也许仅仅只是情侣牵起的双手间那悬虚在掌心的空隙。

即使相爱的人已经将柔软的舌头交缠在了一起，你也终究无法透过他的胸膛，去温暖他的心。

如若相信感情，钥匙其实就在你心里。在感情的世界里，每一个人的心里都有一面三棱镜，它可以折射所有照耀进心底、点亮生命的光芒。

感情是相互作用的，将自己快要喷薄而出的感情全部宣泄、折射出去，与自己心里笃定的那个人共鸣、交辉、缠绕、相容，这大抵就是世界上最美好的事情了吧。

如果心里确有一个“相交”的执念，那么平行线就终有弯折的那一天。

在感情的世界里，任何存在都是可以有弧度的，因为再坚硬的心也可以被爱的温度所融化。

幸福是一条线

曾经我也十分苦闷地追过一个女生。

那时候，无论热忱地拥抱黎明还是静静地等待黄昏，心里总会有所惦念，有所期许。

年少时的爱情，就像高三紧张的学习一般，是从时间缝隙中挤出的奢侈品，比玉叶上的琼瑶更令人珍视。

那时候就很单纯地以为，喜欢一个人，就去付出，无所顾忌地倾注自己的好，千方百计地吸引她的眼光。

那时候的喜欢，我不想那么快就得到结果。

或者说在我心里，竟不知和她在一起以后，我该如何应对，怎样去和我爱的人相处。

在内心的确信里，我永远是天平失衡被翘起的那一端。

我居然并不想那么快就得到她，得到在她心里与我对她的好相匹配的对价。

那时候为了制造和她的偶遇，我去打探她的生活轨迹；为了能多了解她一点，我去接近她身边所有的闺蜜；为了能加强我在她生活中的存在感，我每天都通过朋友向她传递写满了情话的纸条……

也许这种喜欢在其他人看来是天真的，甚至有几分痴傻。可在我看来，每颗真心的喜欢都是从“着迷”开始的，那种义无反顾的顺从会纾解内心渴望的情绪，凿出一眼名为思念的泉水，汩汩不绝。

那时候的幸福，是从早晨与她的相互问候开始的，是用体育课送她的汽水堆砌的，是用纸条上字里行间的情话表露的，是在端给她的爱心奶茶里涤清的，是用攒下的零用钱买玩偶送她收纳的……

种种幸福的蔓延，在每一天上演。如果我对她的每一次好，都能用结绳记事之法记录，那大抵会是密密麻麻的一串。

而这一点一滴发自肺腑的感情小事，便构成了我感情里那天大的幸福。

如果幸福只是一个点，追上了喜欢的人，才可以称作得到了幸福。那爱情里的幸福该是多少相思的牺牲品，会有多么奢侈。

如果心里能藏着一个喜欢的她便是幸福，假使能为她做任何一件小事也是幸福，那世界上将不乏幸福的人。而我正是从对她的感情里，获得了一种每天都会因她而或忧或喜，被她牵绊着情绪的满足。

郁于感情里的人儿，至少心底滋长着能触碰柔软心壁的枝芽。

那或是暗恋，或是卑恋，又或是矛盾的根深蒂固，但其实这些都不与幸福相悖。

因为感情的框架本身，以及感情里的巨细之事都满溢着幸福的暖流。

幸福是欢笑与眼泪、欢喜与落寞的点连成的一条线，每一个点都不可或缺，每一个点都弥足珍贵。

抛物线的顶点

每一条抛物线上升到顶点都会不可避免地下落。

功成名就也好，陨落凡尘也罢，都是抛物线的宿命。

曾经有友人向我抱怨其恋人在感情的保鲜期过后，对待她就不像以前那么好了。

不可否认的是，在爱情伊始，追求的过程中，人出于本能会越来越多地倾注自己的感情。

相信没有人会对心中的炙热无动于衷，当爱情的曼妙融入血液，随着血流灌注进全身的每一寸血管，那整个人都将被爱情所填满。

当一颗心被另一颗炽热的心点亮，也开始熊熊燃烧时，感情便有了最初的结果。

这时就会有细心的恋人发觉，新晋流连心底的那个人已不似从前那么上心了。

也许他不再清晨早起为你做早餐了，也许在你下班的路上鲜有他等待的身影了，也许他很少再送你花了……

你便会在心里问：他是不是不爱我了？

感情让人敏感，让人脆弱，更让人依赖。

哪怕是最细微的差别，也可能令心水掀起圈圈涟漪。

彼时那些浪漫的举动可能会被岁月渐渐替换为温馨的细节，却都被你全然忽略。

也许他会在冷风中把你的手拉进自己的大衣兜里了，也许他会在你入睡后为你把被子盖严实了，也许他开始为你们的未来筹谋打拼了……

鲜花是会枯萎的，这世界上任何看得见、摸得着的耀眼的实物都会有黯淡的那一天。

外在的感情从酝酿、青涩再到逐渐升温，然后在追求到心爱之人的时间节点前后，到达抛物线的顶点，最后缓缓下落，维持在一个水平。

可你们之间的信任呢？你们之间的默契呢？你们之间的安全

感呢？你们之间的感情质变而来的亲情呢？它们也会有抛物线的顶点吗？

爱情远比我们眼前看见的更隐晦，修炼爱情而不仅仅触碰爱情，何不闭上双眼，让心去揣度一切发生着的美好，那或许才是爱情原本的模样。

一切缘分都是巧合

茫茫人海，一次相遇，几次相拥，错落眼神的交汇，冥冥中的缘分。

会有人说，缘分得益于相遇的概率，在人海中等待着那个人的出现，只有那个人在自己瞳孔构造出的世界才是有色彩的，其他人都只会带来一望无际的灰白。

于是精心挑选出了那个人，就像迎春花遇见了春天，迎来绽放，绚烂一季，馥郁芬芳。他成了你世界的一部分，而且是最重要那不可或缺的一环。

有人相信这是命中注定的，一切都不只是巧合，因为巧合中蕴藏着必然的味道。

哪怕只有亿万分之一的概率，已经发生在自己身上的，却成了百分之百的幸运。

也许你会在某个晚风微凉的夜晚，有气无力地倚靠在露台。月色被泼洒在大地的每个角落，那淡淡的金色光晕笼罩着此刻仰望星空的你，莹莹透亮，也终将散漫在你心底那揪紧的褶皱里。任凭泪水静静滑落脸颊，冰冷了你的手背，浸润着你那被月色染白的肌肤，你也依旧凭栏独倚，沉默不语。

于是你感怀爱情失意，感叹错把巧合当成了缘分，错把偶然当成了必然，才最终使得心心念念的人成了眼眶里支离破碎的背影。

你早已习惯了将回忆和冷冰冰的眼泪混在一起，咽下喉咙，埋进心底，让它们凝结成一块块永远也无法揭开的伤疤。

难道爱情就是这样碰巧的交欢？郁结着不欢而散？

一切感情的基础都是相遇，相遇是相知、相爱的前提。没有相遇，就像世界失去了氧气，那一切因爱情才会焕发的活力都将无从谈起。

而这世上又能有多少天造地设？又能有多少青梅竹马？

时代所造就的家庭规模越来越小，越来越精致；高楼林立造就的邻里关系越来越式微，越来越浅淡；发达的即时通讯造就的社交模式越来越虚无，越来越冷漠；物质社会的发展造就的人际关系越来越功利，越来越蓄意。

很多爱情在这个时代的开端都源于一次巧合，一次不经意的相遇。那么感情的失落又缘何去责问遇见本身呢?

每一次遇见都是美好的，那感觉就仿佛眼映着烂漫彩霞铺就的天幕，耳悦着温柔海浪谱奏的铃音。

每一个用真心去遇见真心的人儿，都抛却了所有的不怀好意，那是纯净的心性外出寻觅碧海天蓝的轨迹。

一切缘分都是冥冥中的巧合。没有来到这个世界，你就不会与他不期而遇；没有出生在这座城市，你就没有和他牵手的契机；没有考上这所大学，这世界就不会碰巧出现那阳光下、草坪上背靠背坐着的格子衫男孩和连衣裙少女……

缘分玄妙到要用巧合去解释，但对于已经得到的幸福而言，却是巧合百分之百在自己身上的应验。

幸福本身就可能藏匿于每一次的巧合之中，纵然有失败的风险，但对爱执着的人儿又岂会畏缩不前?

卑微的永远是自己，而不是感情

曾听说过一个女孩，她很喜欢一个男孩。

男孩是院草，有很多女生都向他示好，男孩桃花不断，出行其间，不乏肤白貌美的女生相伴左右。

而女孩是院里有名的才女，虽然相貌平平，但是学习很好，长于作诗，善写文章，文采飞扬。

女孩为男孩做了很多事，最终凭借着自己对爱情的痴求，那份执念的催动，赢得了这份感情。

他们俩终究在一起了。

可好景不长，由于男孩生得好看，经常会有其他女生搭讪，尔后，他们分手了。

女孩便郁郁寡欢，他去找那个男孩，男孩没有见她，她便在楼下坐了一夜。

之后女孩经常表达出希望复合的愿望，但始终得不到回应。

即使被抛弃了，女孩也幻想着男孩哪天能回心转意，再回到她身边。

听完这个故事，可能大多数人都会长吁短叹于这个执着爱情的女孩最终被爱情抛弃的结局。在这个世界，每天都有太多人获得爱情，也有太多人的爱情在渐渐消逝。

而谁也无法预测爱情什么时候会降临，什么时候会离去，来去无踪的感情总是这样无声无息。

在爱情的天平里，所有人都不是完全对等的，因为每个人都是完全不同的，见之于性格、学历、家庭、样貌等方面。

而在不平衡条件下生成的爱情，会产生很多裂隙，有些裂隙会逐渐长大，成为一道道深不见底的悬崖。

待到恋人之间的裂隙伸展为悬崖，当他们隔着这道道深不见底的沟壑对望的时候，在你视线里的那个他也就越来越远了，直到消失在茫茫的雾气之中，身影不见，只空空地留在回忆里，爱情便也成了名为“曾经”的痕迹。

人的外在条件是有差别的，但感情却是无差别的，两个相爱的人只有感情的深浅，而没有高低贵贱之别。

好的爱情是超脱外在标准的，好的恋人也是心性、性格上的完美匹配。

样貌出众的人，如果他被另一段感情抢走了，也不值得惋惜，更不值得卑微地留恋，不愿放弃。

无论坚强抑或柔弱的内心，如果被中伤一次，就应该参透心性无常的道理，懂得珍惜，更学会舍弃。

卑微的永远是自己，而不是感情。在感情的世界里，要学会善良谦逊，而不是卑微滥情。

贰

是不是在雨天

你也会和我一样

慵懒地趴在窗台上

用温润的眼波

去倒映一个虚无缥缈的人

/《又是下雨天》

自从遇见你，你便是我的梦想

在这个世界活着，生活便需要一个支点。

我们目之所及的世界与我们所在的地球，乃至这个浩瀚的宇宙相比，生命是无比渺小的，甚至只是刹那的一瞬。

草和树是幸运的，因为它们没有烦忧地活着，迎着阳光滋长，透过春萌夏繁、秋萎冬寂的蜕变在岁月的更迭中获得生命的盛放。

风和雨是令人艳羡的，它们与时间为伴，一起奔跑。也许某一天，你与我都已经不在这个世界了，它们还会一直以亘古不变的初心永生下去。

但人生短暂，我们生来就一边长大，又一边迈向坟冢。

值得庆幸的是，虽然人不能恒久于这个世界，但上天却给予了我们最弥足珍贵的拥抱感情的能力。

人是需要梦想的，小时候的梦想很简单，也许是为了大人许愿明天到手的棒棒糖，也许是为了明天更新的动漫，抑或是为了七月流火假期中那无忧无虑的自在……

直到快成年，才体味到原来梦想也可以这样沉重——那繁重的课业压力，每天清晨天蒙蒙亮就不得不起床去上早自习，倦怠着那可怜巴巴的惺忪睡意，晚自习后才对一天有所释怀的压迫感让梦想中的大学在心里就像是上天永远不会施舍的礼物，却不得不苦苦追寻。

而在十八岁的大门扣响以后，突如其来的安逸侵蚀遍了整个身体。生活的支点骤然失去，竟会因为忙碌不再，而使无处安放的心变得无所适从，进而悸动于时间充盈所投射出的忧郁之中。

直到你遇见了那个他，生活才有如被墨香晕染的宣纸，有了一丝灵动的生气。

生活需要一个让自己为之雀跃的理由，而他出现得刚好。

当你所有的梦想尽数熄灭的时候，都被活生生地剥离以后，你所心爱的人祭起的，已不仅仅是你生活的借口，也是你缠绵在心底砥砺着的希望，一个一直串联到时间尽头，怎么也看不到终点的希望。

感怀命中注定的那一次遇见，你也许从此便再也没有做过噩梦。因为在有他的日子里，你的世界便早已不再荒凉，那被你亲手埋下的一个个包裹着秘密的种子，在狗尾巴草旁，含苞待放。

踏踏实实的笨

有人说，这个世界有很多鄙陋的地方，有太多阳光不能洞穿的角落。

有人在社会上摸爬滚打一圈，感叹人都太精明，太多人选择做精致的利己主义者，掏心窝子却难觅知己。

大多数人都想成为智者，能自诩为聪明人，借以在人际交往中获得这样或那样的优势。

但在感情世界里，有太多的一厢情愿，也有太多无法用理智去解释的现象，显得毫无道理。

这也许就是感情的精致所在，这大概就是人活在这世界唯一可以不需要用高明的预判去联结，而只需痴傻着去追求的东西了。

最聪明的人也会有感情的困惑，古时那些被称为智者的文豪、士绅、君王们，也逃脱不了红颜的魅惑，故而孜孜以求地置身于感情的涟漪里。多少优柔婉转的诗词佳作便得以流传下来，伤情之处，就像心口决堤汇成的细流，在亘古不变的时光里，沉淀为了人们仰望的星河。

聪明的人在你面前如果变得愚笨了，也许就是他为你敞开自己毫无防备的心门的预告。

若不是一汪心水深情相倾，又怎会抛却了所有的心理防线，笨得像个小孩，在你面前，毫无顾忌地暴露出许你予安全感的全然破绽呢？

在爱情里，“笨”被注解为可爱，而安全感则来源于对恋人能一眼望穿的心，像水晶一般，能投射进自己的眼光；那同时也是一扇明镜，能看见倒映着的自己和那个被你称作“笨蛋”的他。

踏踏实实的笨比得上一万种花言巧语的聪明。

请感谢那些在你生命中做了很多傻事的男孩吧。其实感动并不在于一个男孩能为你做出多大牺牲，生活毕竟不是电视剧，没有那么多凹险的剧情。而踏踏实实地为你做了其他男孩没有做过的事，却被你称作“傻瓜”的男孩，才是你心底应该深深认同的那个人。

所以，爱情是这世间最不需要要聪明的事了，还是踏踏实实的笨最实在。

又是下雨天

下雨天，这世界就像一张暗色调的水彩画，还在不断地被涂抹。

下雨天，也不知会上演多少纷纷扰扰、悲欢离合的故事，可这都不会妨碍随落雨一同刺入身体的那一丝丝清凉，丝绸般的微凉触感，也许只是阵阵寒意的弥合。

是不是你也会在雨天想念一个人，也许在曾经那个你与他一起度过的下雨天，他撑着一把透明的伞，你躲在他大衣的里侧，顺眼心疼地望向他露在伞外的半边身体，和那早已湿透的半身衣襟。

在这个世界，他为你孤立出一处遮风挡雨的屋檐，与咫尺之外的清冷水滴相较，他的体温确实像含在你嘴里的最后一丝巧克力，带来了弥漫在你心底的浓浓甜蜜。

又或许，你并不知道他是否来过，是否降临到过这个世界，准确地说，是降临到过你的世界。

这个世界在每个人眼中都是有范畴的，也许一句话、一本书、一个眼神、一个吻痕都可以成为你的全世界，那是一种纠结在心底的在意。

是不是在雨天，你也会和我一样，慵懒地趴在窗台上，用温润的眼波，去倒映一个虚无缥缈的人。就像这升腾的水汽，氤氲散漫在空中，缠绵于我的每一寸鼻息。

期待着你的脂粉香气会在某个不经意的瞬间，被我呼进肺里，进而融入血液，流遍全身，好让我的身体能逐渐适应你的味道，然后在心脉间留下一个小小的念想，以便在后来的每个雨季，都能迫使我拼命地大口呼吸。

走进雨里，听雨滴叮叮咚咚地坠地，叩响着串串风铃的乐音。也许打动你心的不是那个消失在雨中的人，而正是这场感天动地的雨。

因为在雨中，夹杂任何情感的眼泪都同样会被这雨水湮灭，也只有自己才知道此刻洋溢在脸上的表情是笃定还是迷惘。

琴键上的弦音

曾经很想交往一个弹钢琴的女孩。

她就像钢琴一样，安静，安静到除了纤细的手指扣响琴键发出的清脆声音外，别无他物。

很多人的生活都向音韵投射出愿景，开心的时候，会渴望化作一曲欢快的小调；悲伤的时候，便愿攀附于大提琴的沉重弦音，好能沉湎在和弦描摹出的阴云漫天的意境，进而放空自己。

音乐是最曼妙的走进心灵的渠道，每首乐曲都是有感情的，当你沉浸其中，会全然忘却这个世界。

随着乐符的进展，用心冥想，拉扯情绪，一幅身临其境的画面就将浮现在你脑海里——可能是海浪拍岸的凝望，可能是日出山顶的希望，可能是迷失密林的绝望，也可能是独囚孤岛的盼望……

人最动情的时候，是会将心中喷薄而出的情感幻化成歌表达出来的。

曲调串着歌词，将对爱情的美好，将对爱人的倾慕，都通过动人的旋律悠扬在耳畔，让人意乱神迷。

弹钢琴的女孩心里承载着这世间所有美妙的情绪，言语终究太过乏力，而透过黑白格的声音，却能力透耳膜，在脑海锻造出美好将至的欢喜。

如果想亲吻初夏的晨曦，那就听她弹钢琴吧；如果想轻躺在蓝天下的草坪，那就听她弹钢琴吧；如果想漂洋过海找寻世界的尽头，那就听她弹钢琴吧……

弹钢琴的女孩是令人着迷的，那是一种被钢琴赐予的魔力，就在她眉眼中，在她指尖撩拨着的琴键头。

当你的世界被莫名的旋律填补了空白格，被重新绘上了鲜艳的颜色，就请深深地为那个在你心墙涂鸦的弹钢琴的女孩祈福吧。

以为的自由

离开如果是一种解脱，那自由便在想象中唾手可得。

这世界有多少千疮百孔的感情难以缝补，又有多少心的伤口无法愈合。

悲伤漫溯成河，如果眼泪的浑浊承担了唇语所有的不可言说，那么我便伫立在渡口，等待送走你的一眼清波。

对于感情，只有两个人都惜心弥合，才能如彼此期望般结出硕果。

就像每天的天气都会变化，在感情的世界里，你会沐浴在高照于空的暖暖艳阳下，也会滞留于乌云密布的灰暗阴天里；你会眼映绮丽万状的彩云，也会聆听淅淅沥沥的雨声。

有时候，两个相恋的人注定要接受无声无息散去的命运，两个互笃终生的人也可能会无奈地背影相离。

囿于感情里的人，就像心里被灌满了毒酒，那浸润的痛，每一分每一秒都在将生活的意志肢解为不成形的残缺。

于是很多人都想获得自由，想从爱情的绝望中置身事外。故此，你选择了放手，且再也没有停留。

自由从来都是一件奢侈的事，人终究无法将生命中流淌过的痕迹全部格式化。

你以为将喜欢他这件事彻底放下了，却在夜阑人寂时伤心啜泣；你以为再也不会忆起他了，却在不经意的休憩间整理回忆；你以为已和他曲终人散了，却仍旧在每个清晨，一遍遍温习着房间里残存的细碎留影……

自从遇见他，因为你自始至终的在意，你的心便再也没有拥抱过自由。

你的双眸依稀清澈，依旧会在某个不经意的瞬间闪动；泪水还未干涸，仍会因莫名的情绪而翻涌；想念并未枯竭，还会为不值得的挂怀思前想后，去排遣，去筹谋，去一往情深地守候……

爱情死了，爱情的灵魂犹在；人若去了，逝去的时光还在。

从爱情里走出来，你得到了你以为的自由，那不过是安葬了一个你曾经燃烧过生命的期许，却仍未熄灭你心里那千万束因想念他而燃起的火种，难道这不正是最恰如其分的理由，那个能回应你内心倔强如初的借口。

叁

成长让我们无法用最原始的方式哭闹

也不是所有人都拥有一个义无反顾的怀抱

能随时随地拼命地撒娇

/《完完整整的心》

患过一场伤风

曾经恋爱过的人可能都会抱怨，最爱的人，也许是那个总得不到的人。

得与失，得自然喜悦；得而复失，患得患失，乍得还失，也总会引来让呼吸都沉重的悲伤。

曾经恋爱过的人都明白，童话般的天长地久也许只属于童话，如若投射现实，便十分难得，因此可贵，名之为童话。

现实中的爱情，最爱的，也许最令人神伤。

伤风，能够用药治好，中药太慢，西药太伤身体，所以，我总在等它自然好。

我的伤风断断续续，蔓延开来，咳嗽，头痛，反反复复，讳疾忌医。

我害怕中药太苦，从来不喝；害怕西药伤身，尽量少吃。终于，还是等到了那一天，我发现我的伤风好了。

以前尝尽痛苦挣扎，以为就这么一辈子与伤风为伴，却在不经意的一瞬，发现它竟悄无声息地痊愈了。

原来伤风久病不去，只缘喜欢之人种在心里的一枚情花，花虽婀娜多姿，茎叶确是带刺的荆棘。但被刺痛的感觉却反而让人心生欣喜，原来这就是所谓的伤风的感情。

你喜欢的人就像专属于你的医生，他认真地回你信息，你便缓解头痛；他冲你微笑，你便高烧尽退，大病初愈。

伤风的感情是有伤口的，而你相信总有一天，它们都会不药而愈。

你相信时间是唯一的灵药，你对他一切的好也不知是病入膏肓还是自我治疗，而唯一能肯定的是，你从未后悔过这样笃定的选择。

如若有一天，你也成为了他的全世界，你的伤风确会不药而愈。当你看见周身的伤口和疤痕，定会窃窃地满足着，因为你早已默认它们便是伤风应有的代价。

如若有一天，他离开了你的世界，你也依旧会停留在原地，无助地患着伤风，越来越重……

直到有一天，这个世界也出现了一个为你患上伤风的人，你才会发现，这只是一场梦。在梦里，你患过一种病，很痛很痛，你唤作伤风。

完完整整的心

也许在我们心中一直都有一缕忧伤无法释怀，成长让我们无法用最原始的方式哭闹，也不是所有人都拥有一个义无反顾的怀抱，能随时随地拼命地撒娇。

时光确实能独自一人安安静静地度过，不顾雨雪，泯灭风浪，都只有自己的背影，和着晚风的悲凉。

但人生在世如若日复一日地形单影只，那么很多人恐怕都会患上一种特殊的忧郁——在心底向往着一个人的生活，却总害怕面对一个人的落寞。

厌倦了寂寞融入空气的窒息，可对于爱情，很多人仍旧抱怨其已然枯竭了渴求。

因为害怕突如其来的改变，才习惯了一个人的生活。

也许你总有一种莫名的自卑感；也许你总在心底自言自语与他般配与否的话题；也许你总害怕自己倾尽心力的付出会让他感到烦恼疲惫……而这些卑微的心绪都源自你纠结在心底的在意。

因此，对于感情无所适从的你，一旦爱上一个人，随之而来的便是踌躇与无助。你既想跟他在一起，又怕自己给不了他想要的幸福，进而从心里开始矛盾地排斥。既是一种对他的负责，也是对一个人生活的不舍。

因为对待自己，我们经常毫不在意。可一旦决定为所爱的人而活，脑细胞就总能即刻恢复超速运作。也许你从不奢求能在大街上与他手牵着手，一起玩闹，温情得刚好，却无时无刻不在思忖着如何对他更好。于是你默默地付出关心，以至于有时竟刻意忘记去筹谋自己在这段感情里所应有的斩获。

有时候，我们幻想着会否有那么一天，喜欢的人突然回头发现，其实最好的人就在身边。

有时候，我们不是不想恋爱，只是爱上一个人就傻傻地想要永远，即使等待很久很久。

你很渴望他能幸福，可是真正有另一个人牵着他的手出现在你面前的那一刹那，你定会听见自己内心世界彻底坍塌的轰隆巨响。

也许你会认真地哭上好几个晚上，也许你也算体会过生命中难捱的绝望，那痛彻心扉的悲伤。

但如果他递来哪怕一句漫不经心的安慰，你的心就会立刻走出寒冬，积聚起阵阵温热。

陷入感情里的人儿，会笃定对方就是自己的唯一，即使有了第三者，有了裂痕，沉溺着的心也不愿轻言放弃。

即使在他面前已然卑微，在爱情面前已经足够妥协；即使很多人都在苦苦劝你，希望你能放弃；即使你的喜欢已经让其他人觉得可怜，心生怜悯，你也只想和他在一起。

正是基于这种深情，这种丧失理智的倾心，你去容忍，去付出，去等待，去做你所能做的一切。

也许很多人都会嘲笑爱情里这样的傻子，但只有自己才明白对爱坚持的意义，才懂得等待着的幸福幻象，依旧是潋滟在心底的唯一一束光。

没有不适合恋爱的人，只有适不适合自己的人。

有些人也许不谙爱情的浪漫，但在后来的日子里，在婚后的生活中，他们却给予了你一份踏实的、平平淡淡的爱情。

有些人，他也许不能给你想要的完完整整的爱情，但却能给予你一颗完完整整的心，一颗只为你而跳动的心，那便也足够了吧。

时间还是长大了

长大后，这个世界在眼中变得逐渐清晰起来，才发现，它已然退却了从前瑰丽的色泽。

但凡美好的事物大抵都是如此吧，它无比朦胧的时候，就是最吸引你的时候，最让你念念不忘的时候，最令你心醉神迷的时候。

犹记得小时候，我们对一场游戏、一个玩具，甚至一块石头都可能会在心里赋予其特别的含义。那时候，想象的翅膀总会飞入云端，我们对于任何事物都会因好奇而产生偌大的探索欲。

因为在荏苒时光的缓慢步调中，我们感性的小脑袋里住着一个baby，一个感性到天天哭鼻子的baby。它指使我们对待任何事物都应怀揣一颗本初之心，情绪波动之中，对世界那曼妙的想象和无拘无束的单纯思虑会慢慢结合，随后发生这世间最奇妙的化学反应，一座座童话般的城堡便拔地而起，在梦中，更深深地印在我们脑海里。

心也是一样，不成熟的时候，它虽然稚嫩，却填满了关于这个世界最美好的憧憬——每天都会在心底孕育一个精雕细琢的所在，好将那浅浅的幸福，都聚集在小小的水涡之中，盘旋不去。

就像对待初恋，有走到最后品尝到幸福果实的人。但大多数人最终都和这辈子第一个喜欢的人形同陌路，只得泪眼蹒跚地在心里种下一株玫瑰，盛开一次心隐处便刺痛一回。

疼痛便是最好的证明，它印证着曾经懵懵懂懂的爱情，让人期待，令人徘徊，使人全身充斥着荷尔蒙，用最着急的心态、最羞怯的心情去排遣，去释怀。

人们都怀念初恋，铭记着爱情最初的模样。在感情匮乏的年纪，在想法单纯的小时候，那种抛却了种种眼光和物质基础的纯情，让我们得以感怀生命中的不期而遇，让我们能够感谢那时那地充斥满身体的勇敢无惧，令我们不得不感激时间烙刻下的那场迎着阳光、邂逅花香的洁净爱情。

跟随时光蜿蜒前行，我们变得越来越无法看清自己，那是因为我们看待物质世界的眼光在增长，而自己却渐渐失去了原本的纯粹。

人是会变得利己的，有人说小时候的自己傻傻的，那诚然是一种再也回不去的单纯。然而在任何一场爱情面前，相思断肠的恋人如果没有一份天真或是痴傻，那么长大的模样在爱情面前无疑会变得刺眼，会在那绚烂的光晕下承受炙灼，最终无处遁形。

时光如水，流淌不息。长大后，这个世界的轮廓，它的内部机理，甚至它的每一颗螺丝和铆钉，都在可能的知觉里被呈现在眼前或脑际。才发觉，退却了神秘面纱的世界，就像拍打在脸上的冬雨一样真实，着实少了从前的可爱，也给天真竖起了墓碑。

感激那个一无所有的自己

在自己一无所有的时候，想追逐你，却有所顾忌。

那时候年岁正好，可我却什么也不能给予你，除了我那颗盛满爱意的心。

如果时光倒流，很多人都会感怀小时候那明眸涌动的爱情，因为纯粹的不仅仅是心里喜欢的那个人，也是冥冥中依稀澄澈的，审视感情的眼光。

那时候的我，还会凭着无所畏惧的心，用闲暇的时光，为喜欢的你，偷偷地折星星；还会用那双并不灵巧的双手，为你一针一线地织一条温暖的围巾。

小时候，喜欢所意味的不只是一个执念，而是能仰望一个真真实实触动心灵的恋人。正是那个令我不想触手可及的你，是可以用几个月，甚至几年的时光，去慢慢了解的，那是一段漫长的，从彼此疏离到悉心的蛰伏。

再也回不到那时的心绪了，二十多岁的年纪，人人都在朋友圈每天晒着各种幸福的瞬间，可又有多少人愿意了解常常翻开朋友圈的我们，那眼神不经意的闪躲中，在无所依赖的心里掩藏着的孤单的痕迹。

感谢我所经历过的一无所有的时光，那时候的内心还不曾有纷扰的魔障，眼里也未曾蒙着致密的阴翳。天生的直觉告诉我该如何去温暖一个人——用心陪伴，悉心呵护，去做你世界的一道明媚春光，一厢情愿、毫无顾忌地照耀在一旁，只为让你的世界能多哪怕一丝光亮。

有人说，这世界最廉价的就是一无所有的关心。在物质层面，人所拥有的财富确有多寡之分，人所处的地位确有高低之别；但在感情层面，每一份感情都应被善待，每一份喜欢都那么至真至纯，一无所有的喜欢背后往往是一颗卑微的心，对感情的虔诚让他们更加珍视那个在心里高高在上的你。

一无所有的时候，喜欢一个人的心绪会泛滥成一方一望无际的海，清清浅浅地流动成爱你的模样，泛着光。

也许他只有唯一的一颗糖果，又或许他即便倾其所有对你而言也不值一提。不过，这并不妨碍他渴望分享给你他仅有的那颗糖果，因为里面包裹着的，是他赤裸裸的一整颗心，你便是那甜甜的心蜜。

无条件的好

想必很多人心里都流连过一个无所不能、名为哆啦A梦的小可爱。它生着圆圆的大脑袋，猫咪的大脸蛋，是一个能帮大雄实现所有愿望，来自未来的小天使。

大雄胆小、贪玩、任性、不上进，哆啦A梦却不厌其烦地为大雄实现各种愿望提供捷径。

多少人都渴望能拥有这么一个贴心的小天使，生活中唯一不变的就是他那颗忠诚的、一眼可以望穿的、一心一意为所念之人考虑的心。

还记得《哆啦A梦：伴我同行》里哆啦A梦要与大雄分别时对着照片揪紧着心述说的独白吗?

“你这个人真是的，不但少根筋，而且又迟钝，还讨厌念书，没自信又懒惰，既没用，运动也完全不行，又是胆小鬼，又很粗心，非常不可靠，还很害怕麻烦，也没志气，又会忘东忘西，是个烂好人，容易得意忘形，还是个撒娇鬼。”说着说着一滴滴眼泪就从哆啦A梦倒映着大雄的眼中流了出来，重重地砸在了它手中握着的照片上，“奇怪，怎么会这样，真伤脑筋。”哆啦A梦也十分惊讶，原以为离开大雄这个天天制造麻烦的讨厌鬼是件值得开心的事，但当真正要分别的时候，却有种莫名的酸楚在向它的泪腺急速涌动。

哆啦A梦是不舍的，就是这么一个在别人眼中一身坏毛病、无可救药的人，却走进了它心里，成为了那个特别的、不可或缺的存在。

即使大雄表现得如此差劲，哆啦A梦也始终在他身后，默默包容他，默默改造他，默默帮助他。

哪怕只是离开大雄身边一天，哆啦A梦也放心不下，怕大雄不能照顾好自己，怕他再受到胖虎和小夫的欺负，怕他不能更好地自立。

即使大雄的未来已经得到改变，即使他和静香最终走到了一起，失去了哆啦A梦又还有多少意义？

在每个人的生命中，或许都出现过一个哆啦A梦一样的人——所有的付出都是无条件的，你甚至可以预判自己任意举止后下一秒他所投射出的关注与细心，如此清澈透明的动机。

一个人肯用一切办得到的手段，帮助你，扶持你，在生活中，他不似彩虹般缥缈，他对你的喜欢并非是那遥远凄迷的美好，而是一种踏踏实实的存在，是环抱左右的，也终将是无可替代的。

对大雄无条件的好，被设定在哆啦A梦的程序里。殊不知在生活中，也可能会有那么一个人，对你也像被设定程序般着迷。

你唇齿间说出的所有话语他都会在意，你的每一点心绪他都记录在心，你的每一个笑容都令他心生欢喜，你的每一份虚弱他都愿献上温暖怀抱的殷勤……他也许不是那个最完美的人，但却是那个对你好到天衣无缝的人。

也许你真的明白了哆啦A梦的心，那就请别再犹豫。

只因世事无常，留在身边的人儿也要听从上天的安排。

只希望，当你的心揪成一团，无比温热的时候，不是在即将分别的最后一刻。

肆

我们在爱情面前

终究只是凡人

或许有人辜负了你

但你却没有辜负爱情

/《沉溺》

关于完美

我从来不懂得如何解释“完美”这个词，也许这个词本身就无法自圆其说，就像无法完全认识自己的我们一样。

在遇到一个喜欢的人之前，大多数人都不会主动戳破自己身上的瑕疵——容貌上的，体格上的，性格上的，拥有的物质基础上的，这样的，那样的。

感情本身并没有重量，如果它是一个实体，可被度量，没有传说中那么神秘，那么羞怯，如此缥缈，就不会让思慕中的人魂牵梦绕了。

如果你喜欢上一个人，就会于无形中在你心底置下一个天平，你在天平的这一头，你喜欢的人则在重重沉下的那一侧。

你变得会时常主动度量自己，你越来越唯唯诺诺，甚至如履薄冰。即使只是见面时一个眼神的交汇，你也会在意自己的面部表情是否妥帖，能否遂了他的心。因为你知道，流萤仰望星辰是多么渺小，是多么风雨无助。

“喜欢”这个词本身并不完美，但“喜欢他”这件事对于那个沉溺于感情里的你却弥足完美。你会设想一切美好的桥段，在心中，在梦境，在每天朝阳和晚霞所描绘的时光里，都是你渴望的最美的相恋图景，被埋藏在生命的泥土里，待你发掘亲近。

为了能在同一片蓝天下，同一个世界里，为喜欢的人遮风挡雨，祛除阴翳，你会在生活的泥沼里声嘶力竭地呼喊，只为能接近你心中那个完美的人——他就像一朵莲花，滋长在生活的泥沼之中，当你抬头仰望，水波之上，你竟看见了一张纯洁无瑕的面孔，刹那间，你倾尽心力的爱慕便无法控制地破壳而出，终现端倪。

你会为了喜欢的人感激每天太阳的升起吗？你会为了喜欢的人重新审视时间的意义吗？你会为了喜欢的人变得完美吗？

你会的，因为喜欢是一个让倾慕者全身战栗、沉溺其中的梦。在梦里，你是一个会为了喜欢的人无所不能的超人，你从未想过用自己全部的生活去匹配一个人的微笑，一个人的脚印，抑或是一个人的脉搏。

突然有一天，在你脑海中萦绕着的，竟都是自己的各种缺点。你懊恼，你乞求上天别再开玩笑，再多给你些时间，让你拼了命地去够上他看你的眼光。

希望你能遇见一个预设完美的人，希望你能珍惜每一个让你变得完美的人，也请别辜负每一个爱你的人那以你为主角所做的最完美的梦。

简简单单的满足

我幻想着能有一天，在空荡荡的房间，看着你穿着碎花洋裙，用最优雅的身姿坐在钢琴前，为我弹奏一首《G小调的巴赫平均律变奏曲》。

当旋律悠扬而起，风也正好拂动着落地长拖的窗帘，也不知道，那偷渡进来的光能否治愈这和弦峰回路转间撩拨开的淡淡忧伤？

闭上眼睛的那一刹那，不知此刻鼓动着的耳膜是喜欢这旋律，还是更爱慕奏响这天籁之音那灵巧手指的主人。彼时彼刻，我定会相信，能将这空灵动听的音符跃然指尖的你，该是这世间最纯净的存在吧。

不论是否会有平行宇宙，也不论时间到底从哪里开始，自何处终止，又会否在相同的节点还有一个“我”在演绎着相同的故事。单就这个时空，这个生机勃勃的蓝色星球而言，我没有降生成一株草木，一只飞禽走兽，何其幸运，已然是上天对我最大的眷顾了。

倘若真有轮回，单就概率而言，每个人在这个时空生而为人，大抵只有亿万分之一的微弱几率吧。

如果单论幸福，树有雨露，有艳阳，算不算幸福？兔子有森林，有草场，算不算幸福？鸟儿有鱼虫，有天空，算不算幸福？

简单的幸福自然是幸福，在这个世界，有太多的幸福被我们所忽略。如若感怀生命、感恩生活的心再炽烈一些，或许在我们心里会油然而生出浓浓的满足。

在我为喜欢的你搭建起的梦幻城堡里，我每天都倾尽心力，日夜无休地练习，去熟悉在你身边时可能邂逅的甜蜜场景。

如是，和你在一起的时候，即使只是对视的眼神也满溢着治愈的药引，仅仅看你微笑的表情也仿佛被抚摸着心壁。

这便是许多人所期盼的简简单单的感情——为了心里喜欢的那个人，让自己的心绪变得细腻而复杂起来。

我宁愿让生活慢下节奏，去迎合恋人的步调，亦步亦趋之中，宁愿自己用复杂却单纯的心绪去处理自己简简单单的感情，从而在每一件共同的生活小事里，找寻温暖的痕迹。

倘若你能体味这种简简单单的幸福，你便会在每一个有他的瞬间，温暖一如静静的晚灯，即便缺少轰轰烈烈的过往，也会留下刻骨铭心的满足。

为旧的悲伤，
浪费新的眼泪

当一整天的疲惫慵懒在黄昏温柔的光线里，你安静地蜷曲在床上，任由往事如潮水般涌上心头，融化着在你心底尘封许久的有关于他的冰凌。

人生走过的岁月就像彩色的画盘，有阳光便会隐匿阴翳，有花开便必然预告着枯萎，有靓丽的彩虹，便也将绘上雨天的凝色。

你心里那个惦念的人会在哪里？此刻又在路过怎样的风景？本想相互追逐，却逃不出最终只能在回忆里重逢的宿命，还感叹那是有缘无分所注定的疏离。

人总是割舍不掉回忆，因为那些往昔斑驳的轨迹，才是真正证明你生活过的证据，那都是你在这世间留下的唯一印记。而其中让生命炽烈燃烧过的，便是一团团感情的薪火——哪怕只是一次卑微的喜欢，哪怕只是一场一厢情愿的厮守，哪怕只是一段深藏于心的暗恋。

喜欢一个人的时候，总会有些许情绪堵在胸口，无法用言语表达。而眼泪便成了宣泄情绪最直白的方式，因为每个人都逃脱不了悲伤的侵袭。但悲伤并不是一个贬义词，恰恰正是它支撑着我们生命长河里那些郁郁寡欢的岁月，它更像是一个温柔的伴侣，填补了郁结肆虐后所留下的残缺。

如果某一天，你正巧回到了熟悉的场景，想起了那个曾经抚慰过你心灵的人，其实这样的感受说不上是悲伤，但如若非要用悲伤来填塞这种五味杂陈的心绪，那我相信这段感情对你而言，若称不上弥足珍贵，也至少是不可或缺的吧。

为旧的悲伤，浪费新的眼泪。至少你用眼泪证明了这段感情还在心底掀起着圈圈涟漪，在曾经喜欢过的人成为你天空的日子里，你是快乐的，甚至是满足的。你感怀过往，才会用眼泪去铭刻心里那些不愿忘记的林林总总——终究只是一朵朵尚未枯萎的花苞，总在吸引着你的眼光，调动着你依稀尚存的精力。

想念是条渡不过的河，你终究还在缅怀着。

沉溺

我写过许多吟风对月的句子，每一句都关于你，希望能换回哪怕一次你的回首，好重温你那一对温润如玉的眼眸。

沉溺于感情里的人儿就像一棵随风飘摇的苇草，你在风中的样子像极了你对待爱情的模样。

他似一阵温柔的风吹来，会让你忍不住想博他微笑，你迎着风来时的轨迹，看着他幻化成了你喜欢的模样。他拥有让你心动的习惯，他的声音好听到酥了你的心。每当你看着他的眉梢、他的嘴角、他的指尖，你都会感叹上天为什么对你这么好，竟把如此完美的人送到了你身边。为了他，你竭尽心力地谋求改变，想把自己塑造成他喜欢的完满的模样。

他那疾风骤雨袭来，你也不得不因为喜欢他而顺着他给予伤害的方向低头弯腰。哪怕被摧折，你也只会让悲伤漫溯回流，在心里填成一面深深的湖，让自己沉溺淹没。

你虽不据理但参透了感情的力争，你执着于自己苦苦追寻的幸福方向，即使明知是漫漫迷途，却毫无返意。

你把委屈尽数化为了眼泪，浓缩成了这一滴滴清澈透明的深蓝中那一撮撮咸咸的盐，这便是你深深的沉溺。就像穿越一片沼泽，一旦置身其中，就只能眼睁睁地看着自己下沉，而在脸上却不得不装作微笑可人的模样，那是一种无奈却满足的幸福吗？

每个人都是不同的，就好像你目之所及的天空中那一朵朵缱绻着的流云，虽然都洁白无瑕，但却千形万状；就好像你望着浩瀚银河里的每一颗星辰，它们都展现着不同的明暗色彩，耀眼的，浅淡的，金色的，银白的……

你承认这是一次胜负难料的赌，你明明知道他对待那个沉溺于感情的你可能会有不同的态度，会流露出不同的情绪。他可能会感动，会感怀于岁月间惊鸿一瞥所得来的宝贵缘分；他也许仅仅把你当作一个可有可无的人，去敷衍你那患得患失的梦；他也许会挥霍你在他眼里那一文不值的喜欢，给你错觉，让沉溺其中的你被幸福的假象所蒙蔽。但对于一份深深的喜欢，对于感性的喜欢本身，你又怎会出卖自己的真诚，用猜想的结果去亵渎自己的沉溺呢？我们大抵都会选择去博那一线渺茫但炽烈的拥抱爱情的希望吧。

我们在爱情面前，终究只是凡人。或许有人辜负了你，但你却没有辜负爱情。

伴着你，
步过柔光烂漫的季节

煦煦光束放弃了天界的殊荣降临人间，委身于山川草木间，点缀着这个世界。柔光缠绵，看不清这世间的人情冷暖，世事苍凉，离愁又轻快得落在谁的心间。浮花浪蕊俱尽，却尝得爱人别离之苦，又怎能散得了那纵横的牵绊，断得了那三千痴缠。

人又何尝不似柔光，灿烂一季，尔后消弭，多少清颜陨，多少相思碎，待到日落泪染枯冢，眉间便开始撩拨那数不尽的哀伤，仿佛诉说着撕心裂肺的往事。空旷的心田遍布着芜杂的枯草，那便都是疯长的慌乱与挣扎。泪珠儿打翻了纷飞的双蝶，凭着那穿越时空的执着思念，相恋之人那两颗已不再温暖的心终得相牵。

但凡痴情的人对爱情的那份眷恋都不曾消退，感情的奇妙之处便在于它的暧昧与痴缠，那种穿越时间，穿越空间，穿越生与死的炙热情感，永远会在生者的心底种下逝者的种子，植根，尔后蓓蕾绽放。

爱情是美好的相守，喷吐着芬芳，播撒着情韵。每一颗真心滋生的感情都如此，在每个日光温婉、鲜花烂漫的岁月节点，在一场场注定好的邂逅降临之前，彼此的心其实已在慢慢接近，互相取暖。被定格好的相恋片段在光影的熟络中，掩映着浓情的背影，闪烁着灿烂的辉光。左手写爱，署上恋人的名字，镌刻出那爱情最初的美好，进而散漫在指尖，撩拨于心弦。

爱情是凄迷中的不离不弃，无法释怀之际，心水则早已泛滥决堤，可裸露出的道道伤口仿佛还在诉说着曾经的刻骨铭心。那眼底流淌出的一汪汪晶莹，虽然在消逝着彼此相近的身影，但它们终究是因为爱你才凝结成的饱满充盈的结晶。

依恋是一江碧水，总向着一个方向流淌，无法停止，也无从湮灭，仅怀着美好的初衷，仅凭着对大海的牵肠挂肚，便义无反顾，一泻千里。

伍

你会看见在澄澈的水底

曾经被你寄予愿望的那星星点点的硬币

在指引你朝着一个直觉笃定的方向徐徐前行

潋滟着的波光仿佛诉说着蹉跎往事

回放着静谧心事

都会在一瞬间宛若烟花

盛放在你身后

/《许愿池的硬币》

心底的秘密花园

世界上最美妙的事莫过于一场暗恋，你在心底偷偷地修筑了一个只属于你和他的秘密花园。

梦幻般的桥段演绎着一个只属于你的童话故事：你成了当之无愧的公主，你头戴皇冠，王子温文尔雅。你微笑的刹那，阳光便会更加温婉，你眨眼的一瞬，星辰都会止不住地颤动。你是这秘密花园里唯一让天地万物都光彩照人的存在。

那因暗恋而喷薄欲出的情愫，时刻催促着你在心底反复练习，企盼着和他的每一次相遇都能自如应对，举止妥帖。那些礼貌而雅致的独白被你默念在心里，每说出一句仿佛都像舌尖被放下了一块牛奶糖，丝丝缕缕的甜蜜营养着你每一寸神经的髓鞘，那是一种极度舒适的感觉。

你心里的秘密花园滋长着，一切都像是为那个人预设好的，有他喜欢的偌大的嫩绿草坪，有刷着乳白漆色的鳞次栉比的栅栏，有招展着的最盛的樱花……你那堆叠已久的心绪，都化作了纷飞的香瓣，期待着能幸运地飘落在他心尖。

暗恋就像用尽身体的全部气力，在心底凭借着感情催生的任性，认真地用积木一块一块地拼凑会令挂念之人喜欢的心愿图景。

而你在等待一次和他的邂逅，一次冥冥中的不期而遇。以便能在恰当的时间和场合直抒胸臆，向他展示在你心底默默贮藏已久的繁花之境。

也许，你已经将他视为了自己生命里那颗不可或缺的北极星，在黑暗笼罩的夜晚，你希望他能照亮你心里的每一个角落，和前路的每一眼风景，好让你的胸腔始终有汩汩暖流在涌动，好让你的人生路从此便不再孤独或迷惘。那日渐沉积的融入血液的喜欢，丝毫不想被你透析出来，哪怕已如深深的毒，在你身体里蔓延，哪怕会产生秘密花园的幻觉，你也不想被抽离殆尽，只因为你对他的瘾还在心里疯狂肆虐。

镜花水月不易，繁花之境难求，请好好守护你心底的秘密花园吧。你会发现你缜密的心思就像是一首美好的岁月诗篇，而其间的每一个字眼都浸润着你的世界那最浪漫的情愫，散发着令你神魂颠倒的味道。

此刻是最好的，那一辈子便是最好的

听着他安稳的心跳声，扑通，扑通……就在你耳畔回响着，清晰得就像主宰你时间的表针，滴答，滴答……认真地在夜晚走着。

你知道，他习惯了你在身边那甜蜜的滋味，他坦然你在他心里无出其右的位置，他知道你托付给了他你所有的气力，只剩下呼吸没被带走，你在他怀里透明得就像一块精雕细琢的温润水晶。

相拥入怀那一刻的安稳告诉你，他便是你这辈子能遇到的最好的人。

夜晚游走在昏黄的街灯之外，街灯穿行于黑暗的瑟缩之中。你和他在凌晨的街道上漫无目的地走着，月色洒在你飘逸的发尾，泛起了淡淡的银色光芒。夜深了，街灯是你们眼光里除却孤独外最后的伴侣。

他突然缓缓将手放下，又试探着勾了勾你的手指。你迟疑着，怔怔地停留在原地，躲闪的眼光不知要逃逸去哪里，可身体的诚实却已然驱使你紧紧地攥住了他的手心。当温暖的舒适惬意与羞怯的紧张战栗同时袭遍全身，你才发觉，也许这就是你们之间彼此倾慕而来的默契。

牵手那一刻的笃定告诉你，他便是你这辈子能遇到的最好的人。

他没有一张如月光般白皙明净的脸，也没有一抹能让你沉醉遐想的甜美笑靥，他仅仅是一个墨守成规的人。你每天七点都会收到他早安的问候，夜晚十点都会听到他对你道的那声晚安，劝你早睡，不要贪玩；你从来不用带伞，因为你知道，对于给你送伞这件事，他会比那淅淅沥沥的雨更心急；即使做噩梦在深夜醒来，你也从来不会手足无措，因为你知道，无论何时你打他的电话，话筒的那一头都会传来这个世界唯一能让你无比安心的声音。

陪伴你成长的那个男孩每时每刻都在提醒你，你便是他这辈子唯一想守护的人。

许愿池的硬币

在许愿池抛一枚小小的硬币，也不知那小小的愿望会飘荡去哪里，会不会如期待般灵验，顺利地被远方的你收悉。

每一次独自旅行，我都会在许愿池旁停留，看着清浅的水波在阳光下淡出美好的耀眼光圈，心情便也会被此情此景晕染得分外美丽。源源不断的硬币被投掷到许愿池中，我知道那都是过往的旅人在纾解襁褓在心里的愿景，都弥足珍贵，和池中的清波一样透明，看似空无所依，却能填满一整颗心。

愿望大抵是这世界上最撩人的心结吧，因为不曾拥有，便惹人心心念念。我们就像没有翅膀却想飞翔的毛毛虫，期待着破茧成蝶，因此爬到高高的树梢仰望，幻想着也会有清风做伴、蓝天做衬的那一天。

即使你已经在许愿池投掷过很多硬币了，可你那郁结心头的愿望却仍像沙漠中迷幻的海市蜃楼，甚至没有露出丝毫可以接近的端倪。

但你不会放弃，择日邂逅许愿池，你依旧会拿出一枚小小的硬币，郑重其事地抛进水里。随着一声清脆的响动，硬币沉入了水底，愿望在心里好像也踏实了几分，竟会生出些许满足的幸福感，洋溢在嘴角，仿佛许愿池那灵动的水波就荡漾在你眼里。

你知道的，你喜欢的人就在这世界的另一端，你们仿佛隔着几重海的距离，那么遥远，那是千沟万壑的心的距离。

但你相信，终有一日，你会用最柔和的方式，把眼前的沟壑都填平。尔后，乘一叶扁舟，你在自己支离破碎的世界里，找寻着通往他的世界那唯一的渡口，最后义无反顾地驶进去。

那时候，你会看见在澄澈的水底，曾经被你寄予愿望的那星星点点的硬币，在指引你朝着一个直觉笃定的方向徐徐前行。潋滟着的波光仿佛诉说着蹉跎往事，回放着静谧心事，都会在一瞬间宛若烟花，盛放在你身后。

每一枚许愿池的硬币都凭借着小小的身躯承载着一个偌大的使命，它们不曾放弃，我们便亦未曾忘记。

图书在版编目（CIP）数据

唯你住在我心尖 / 胡昔希著. —北京：中国书籍出版社，2022.5
ISBN 978-7-5068-8993-3

Ⅰ.①唯… Ⅱ.①胡… Ⅲ.①散文集—中国—当代②诗集—中国—当代 Ⅳ.①I217.2

中国版本图书馆CIP数据核字（2022）第060469号

唯你住在我心尖

胡昔希　著

责任编辑　王星舒
责任印制　孙马飞　马　芝
封面设计　沈　清
出版发行　中国书籍出版社
地　　址　北京市丰台区三路居路 97 号（邮编：100073）
电　　话　（010）52257143（总编室）（010）52257140（发行部）
电子邮箱　eo@chinabp.com.cn
经　　销　全国新华书店
印　　刷　天津中印联印务有限公司
开　　本　880 毫米 × 1230 毫米　1/32
字　　数　172千字
印　　张　9
版　　次　2022年 5 月第 1 版
印　　次　2022年 5 月第 1 次印刷
书　　号　ISBN 978-7-5068-8993-3
定　　价　69.00 元
